@小說

青春・愛情・物語

致我深愛的每個妳

乙野四方字——著
涂紋凰——譯

僕が愛したすべての君へ
BOKU GA AI SHITA SUBETE NO KIMI HE
OTONO YOMOJI

目錄

序章，或者是終章

我一直到最近才聽說「在宅善終」這個名詞。生命所剩無幾的罹癌患者，拒絕在醫院接受治療或者在安寧病房進行臨終醫療，選擇在自己已經住習慣的家中和家人一起度過人生最後的時光。聽到和我同住的兒子媳婦說出這個選項，讓我覺得好幸福。

雖然對兒子媳婦和孫女造成困擾也令人於心不忍，但我很開心而且也馬上就相信大家想陪我一起走完人生的最後一段路。

我以不使用抗癌藥物、不接受維生醫療這兩件事為條件，選擇了在宅善終。

我今年七十三歲。死亡可能來得有點早，但是不可思議的是，我沒有絲毫恐懼或不滿。晚年在偌大的家裡，有愛妻、可靠的兒子、溫柔的媳婦、可愛的孫女作伴。即使明天就要在痛苦中停止心跳，只要身邊有家人，就可以笑著離開了。我這一生過得很幸福。

只是，接下來這三天，我無論如何還不能死。

對著戴在左手腕上的穿戴裝置，用語音輸入三天後的日期，就會跳出行事曆功能中的預定行程：「八月十七日，上午十點，昭和路十字路口，穿緊身衣的女人。」

昭和路的十字路口是這個城裡最大的十字路口，距離我家只有徒步二十分鐘路程。穿緊身衣的女人則是立在路口旁的銅像名稱。

三天後的早上十點，昭和路十字路口，穿緊身衣的女人。

任憑我再怎麼回想，就是想不起來有這麼一個行程。

我使用的裝置，每到月底就會自動提醒下個月的行程。我因為這項功能才得知這個行程，但是，這究竟是和誰的約定呢？又是在什麼時候輸入這個行程的呢？我想破頭也想不起來。

會不會是除了自己以外的人，偷偷用我的裝置輸入呢？

然而，裝置採用聲紋辨識，照理說其他人應該無法操作。話雖如此，無論是什麼功能應該都有一些破解技巧才是。我心想既然如此就問問家人，結果大家都說不知道。孫女還很過分地說：「應該是爺爺忘記自己輸入過吧？」我實在不想承認自己有這麼老糊塗。

不過，我也想不出家人有什麼理由要對我說謊。我最近開始覺得……照這樣看來，說不定真的是我忘了自己曾經輸入過。

其實，不管是誰輸入都無所謂。

三天後的上午十點，只要去昭和路的十字路口看看就知道了。那裡會有什麼等著我呢？對現在的我來說，這是最令人期待的一件事。

所以——接下來這三天我還不能死。

我關掉枕邊的燈，躺在床上準備就寢。醒來之後就剩下二天。幸運的是我最近身體狀況很好，甚至樂觀地認為二天後稍微外出應該不成問題。好久沒有去那個十字路口了。我都這把年紀了還是很興奮，閉上眼睛感覺自己今晚應該可以做個好夢。

不過，聽到敲門聲後，我馬上又睜開眼睛了。

「請進，門沒關喔！」

我沒有起身，只開燈迎接來訪的人。小心翼翼探出頭來的是小學五年級的孫女——小愛。

「爺爺，你睡了嗎？」

「還沒，我才剛躺下來而已。」

「身體怎麼樣？」

「不錯啊！」

「我可以和爺爺聊一下嗎？」

「當然啊！進來吧！」

小愛靜靜關上背後的門，好像在猶豫什麼，遲遲無法開口，怎麼看都覺得很不對勁。平常的小愛不會這麼溫吞，她一向是有話直說的孩子。到底發生了什麼事呢？

「怎麼了？跟爺爺說說看。」

我坐起身子，盡量用溫柔的語調向小愛搭話。

就算是家人，好像還是會對同性比較嚴厲，對異性比較寵溺。比起嚴厲的奶奶，孫女還是比較黏我這個比較寵她的爺爺。當然，奶奶也很喜歡小愛，正因為奶奶會嚴格鞭策，我才能放心寵她。

小愛低著頭，就這樣靠過來，把臉埋在我的胸口，開始緩緩地哭了起來。

仔細想想，小愛每天放學回家就會馬上來我房間說「我回來了」，今天卻沒有來。在學校發生了什麼不愉快的事嗎？但是，我刻意不問，只是默默地輕撫小愛的頭。

小愛哭了一陣子，才開始抽抽噎噎地說話。

把小愛斷斷續續的話語連接起來之後，就知道這不是什麼需要擔心的大事。簡單來說，小愛今天跟同班的男生告白，但是被甩了。

對小學生來說可能有點太早，但我也不會因此輕視小愛的眼淚。我反倒覺得可愛的孫女是因為這點事情而哭泣，真的是太好了。

「早知道……不要……告白……就好了！」

就算我覺得理由很可愛，但是她本人現在比全世界任何一個人都還要悲傷。我輕拍小愛的背，想盡我所能給她一點安慰。

「小愛，給爺爺看看妳的ＩＰ。」

我拉起小愛的手，指著她手上的穿戴裝置。眼睛紅腫的小愛，用不可思議的表情看著我，然後開始操作裝置。

全像投影放大顯示的畫面中，ＩＥＰＰ這幾個字母下方顯示六位數的數位數字。整數為三位數，中間夾著小數點，而小數也是三位數。小數的三位數以眼睛追不上的速度不停變動，而整數的三位數則顯示著明確的數字。剛好這組數字是「０００」。

小愛現在小學五年級。既然如此，學校應該已經有教過基礎常識了。

「小愛啊！妳剛才說，要是沒告白就好了，但是爺爺不這麼認為喔！我覺得小愛鼓起勇氣告白真是太好了。」

「為什麼？」

「妳在學校已經學過平行世界了吧？」

「嗯。」

「因為小愛告白了，所以在其他世界會產生不同可能啊！雖然在0世界的小愛被拒絕，但是在其他世界一定可以和喜歡的人在一起喔！」

「……就算其他世界的我能和喜歡的人在一起，但是這個世界的我還是被甩了，這樣根本沒意義啊！」

「才沒這回事。無論哪個世界的小愛，都是小愛喔！小愛曾經去過2和3的世界吧？」

「有去過幾次。」

「那妳會討厭那個世界的爺爺嗎？」

「當然不會！」

「謝謝妳。爺爺也一樣喜歡從其他世界來的小愛喔！」

「嗯……」

「平行世界會呈現這個世界未實現的可能性，所以小愛的勇氣一定會在某個世界獲得回報。在不同世界和喜歡的人在一起，那個小愛一樣也是小愛啊！也就是說，小愛的告白並沒有白費。」

「……我不太懂耶。」

果然，對小學五年級的孩子說這些還是太早了吧？每個人對平行世界的想法本來就各有不同。我年輕的時候也曾經因此十分苦惱。不過，嘟著嘴巴說自己搞不懂的可愛孫女，現在已經不哭了。讓她思考別的事情，轉移悲傷的情緒，這種虛應故事的方法還真是只有大人才想得出來。

「這樣吧，我用小愛也聽得懂的方式說好了。小愛雖然被甩了，但也因為這樣獲得之後可以和世界上的某個人在一起的機會啊！小愛一定會遇到更棒的男生，到那個時候，再開始談戀愛吧！」

「更棒是多棒？」

「嗯……像爺爺一樣？」

「不行！小愛喜歡更年輕一點的人！」

我被自己的孫女甩了，其實還滿受打擊的。

無論如何，小愛看起來暫時恢復活力了。是因為年輕，所以才這麼快就走出情傷嗎？還是一個人獨處的時候又會再度落淚呢？

我目送小愛走出房間的背影，再度躺回床上關掉房裡的燈，閉上雙眼準備迎接明天。

或許以後的某一天，小愛會在早上醒來時，移動到今天告白成功的平行世界，然後對那短暫的幸福感到困惑。如果是這樣，她可能會不想回來，也有可能覺得還好沒有告白成功。

如果有那一天，我要問問取而代之從那個平行世界來的小愛：

在那個世界的我，說了什麼話祝福告白成功的妳？

我想，應該和現在心裡想的相差不遠吧！

＊

當天很不巧，身體狀況從早上就不太好。

但是我仍然瞞著家人，只帶著藥和錢包就出門了。

「我出去一下。」

「好，路上小心。」

可能是相處太久了，總覺得妻子早就看穿一切。或許也是因為相處久了，所以她什麼也沒問就讓我出門。

八月十七日，早上九點半。我前往昭和路的十字路口。

自己走過去太吃力，所以我坐上平常使用的電動輪椅。如果想加速的話其實時速可以達十公里以上，不過事到如今也沒什麼好急的了。我看著過去曾經昂首闊步的街道，慢慢地以時速四公里前進。

不知道為什麼，我想起年輕的時候。以前沒有那種建築物、那座雕像不知道什麼時候不見了、這間店怎麼一直沒倒……我一一將回憶與這個城鎮的樣貌重疊，把這些光景烙印在腦海裡。因為，以後大概沒有機會可以像這樣外出了。

速度好像有點太慢了。我本來預計提早十分鐘到，結果一看時鐘，發現已經快要十點了。

昭和路的十字路口把這個地方都市的市中心分成四等分，是此地的最大十字路口。

當然，交通量也很大，採用人車分離式的號誌。據說以前有座橫跨所有道路的巨大天橋，不過因為橋墩會遮蔽視線，實在太危險而被拆除。我很喜歡在舊照片上看到的天橋，經常在這裡停下腳步，想像自己往上走然後穿越天橋的樣子。

這個十字路口雖然有著這樣的回憶——

但是我到達現場之後，仍然想不起任何有關今天這個約定的事。

今天早上十點，昭和路的十字路口——這個謎樣的行程，不知道什麼時候輸入穿戴裝置。我本來抱著些許期待，或許真的是我忘記自己輸入過，如果是這樣的話，實際到了約定的時間或許就會想起來……結果還是一無所知。

十字路口西南方的角落旁，有一小片不算寬廣也稱不上是公園的區域種植著綠色植物，穿緊身衣的女人就在那裡。羞澀地用手遮住胸口的豐滿少女銅像是從我出生以來就一直有的東西。雖然我已經看慣了這座銅像，卻完全不知道這是以誰為藍本製作、建在這裡有什麼意義。

約定的地點應該就是這裡，但是除了等紅綠燈的人以外，看不出來有誰在等我。我停下輪椅，茫然地看著銅像，突然感覺到好像有人在看我，於是急忙移開視線。

行人號誌不知道什麼時候變成綠燈，原本在等紅綠燈的人都已經離開了。取而代之的是斑馬線另一頭有很多人朝我的方向走過來。這裡本來就是地方都市，和那些在電視上看到的大都會相比，人潮算是少很多了。

我不由自主地看著人們過馬路。

幾乎所有人都過了馬路，但紅綠燈仍然沒有閃爍。這是為了讓行人有更長的時間穿越馬路，所以號誌變換速度才會較慢。

在人群之中，有名女孩一直站在斑馬線上。

明明只差幾步就能過來這一側，但是她既不往這裡走也不往回跑，只是一直站在原地。

就算行人穿越馬路的時間再怎麼長，一直站在那裡未免也太過危險了。我推動輪椅靠近斑馬線，對那個女孩說：

「妳好！妳怎麼一直站在那裡呢？很危險喔！」

女孩聽到我的聲音便回過頭來。應該是國中生吧！她穿著白色的洋裝，留著一頭又長又直的漂亮黑髮，是個很可愛的女孩。

那孩子一看到我，就微微歪著頭天真無邪地說：

「你來接我了嗎？」

迎接這個說法是有點誇張，不過就行為來說其實也沒錯。就在這個時候號誌開始閃爍，所以我便順著那孩子的話回應：

「嗯，我來接妳了。所以妳過來，我們一起走吧！」

我說完伸出手，女孩看起來很開心地笑了。

接著，她竟然當場消失了。

我伸出的手還沒收回來，就這樣僵在那裡。

號誌不久就切換了，車輛開始在眼前駛過，所以我只好先把輪椅往後移並回到銅像前。我再次望向斑馬線，但少女果然已經不在那裡了。

原本就在我眼前的少女，突然平空消失了。雖然我也有過類似的經驗，但那已經是很久以前的事了。突然遇上，果然還是會瞬間腦袋一片空白。

簡而言之，我現在應該是平行跳躍——跳到平行世界裡了。

所謂的平行跳躍是一種現象，意指與同時間內某個平行世界的自己交換意識。地點沒有改變的話，表示這個世界的我也在同一個地方。既然如此，應該是相對而言比較接近的世界，但是少女整個人消失的話，就代表不是2或3這麼鄰近的世界，大概是跳到10左右的平行世界吧！我已經很久沒有跳這麼遠了，如此看來，最糟糕的情況就是0世界的少女可能已經被車撞到了。

不對，話說回來今天我還沒確認過ＩＰ。也就是說，有可能在早上起床的時候，我就已經在某個別的世界，而現在則是回到0世界。

我為了確認ＩＰ，用語音操作手腕上的裝置，叫出ＩＥＰＰ畫面顯示六位數的數位數字。如果數值為0的話就是0世界，但是……

但是畫面顯示的不是數字，而是「ERROR」。

「壞掉了嗎……？」

怎麼會這樣？這下我連自己在哪個世界都不知道了啊！

如果現在是0世界，而少女在斑馬線上是某個平行世界，那我也無計可施。但是如果反過來，現在是平行世界，而少女在斑馬線上則是0世界的話……真是令人擔心。前往0世界的我，有沒有救到那個孩子呢？

有沒有什麼辦法可以馬上確認自己在哪個世界呢？我本來想問問路上的行人，但是發現看了其他的人ＩＰ也無濟於事。雖然去市公所就可以拿到替代用的裝置，但是需要多重審查，所以也不能馬上取得。

有沒有什麼方法呢？就在我想方設法的時候——

我突然想起一件事。話說回來，「不知道自己現在在哪個世界」這在以前不是理所當然的事情嗎？

某個科學家證實平行世界的存在，發現其實人類在不自覺的狀態下，經常移動到平行世界。從那之後經過數十年，現在這已經變成小學都會教的一般常識，但過去平行世界這種概念只存在虛構小說之中。我現在的狀態，應該只是回到那個時候而已吧？

當時，平行世界就這樣突然出現在我眼前。

第一次意識到平行世界，剛好是在我滿十歲的時候。

第一章

幼年期

七歲的我已經了解離婚這個詞的意義，被問到想跟父親還是母親一起生活的時候，也毫不慌亂地說出答案。

父親是學界知名的學者，而母親娘家是大財主。無論跟著誰，金錢上感覺都不會有問題。既然如此，只要隨自己的情感決定即可，而我最後選擇跟著母親。但這並不是因為比起父親我更喜歡母親，而是我認為跟著父親會妨礙他的研究工作。

父母離婚的原因，似乎是因為話不投機。父親經常留宿研究所，偶爾回家時會告訴母親研究的內容，但是母親似乎完全不能理解。父親總是抱著「自己了解的事情對方理所當然也要了解」的想法說話，所以和母親之間的日常對話才會搭不上線。當時，我經常看到母親自己一個人苦惱的背影。

因為父親是這樣的人，所以我判斷自己不要待在他身邊比較好。不，那時候的我應該沒有想得這麼深。

有趣的是，父母離婚之後關係反而變好了。畢竟是曾經結婚還生下孩子的夫妻，彼此之間仍然有愛。小時候無論我在不在，父母每個月至少都會見一次面，保持密切往來。一定是因為這樣的距離對他們兩人來說最剛好吧！我很高與父母關係融洽，也安心於自己不是父母不想要的孩子。

父母離婚後，我在母親娘家和爺爺奶奶一起生活幾個月時，父親買了空氣槍給我，那是孩提時代令我印象特別深刻的回憶。

某個假日，我和母親一起去公園和父親見面。如果以前每天見面，突然變成每個月只見一次的話應該會覺得更寂寞，但是仔細想想，父親的工作時間和假日都不固定，所以原本就沒有那麼常見面。應該說現在至少每個月全家人會一起出門，彼此接觸的機會說不定反而比以前還多。

「小曆。」

時隔一個月，父親叫了我的名字。一起生活的時候，父親多久叫一次我的名字呢？我不太記得了。如此一想，光是父親叫我的名字就會覺得開心，這表示我們之間的關係並不壞。

「你有什麼想要的東西嗎？」

就在前幾天，我過了八歲生日。父親應該是在說生日禮物吧！父母離婚前，都是母親買禮物給我，所以光是父親買禮物這件事，就讓我有點高興。

而且，當時我剛好有很想要的東西。

「我想要空氣槍！」

「空氣槍？」

「嗯，現在學校很流行喔！」

「這樣啊，哪裡有賣呢？」

我知道某個百貨公司的玩具賣場有賣。因為那個擁有空氣槍的同學，一直吹噓他是在那裡買的。

父母就這樣帶我前往百貨公司的玩具賣場，在賣場的角落找到堆成一疊的空氣槍。我完全不懂槍的種類，只是想要大家都有的東西。我毫不猶豫地拿起其中一把空氣槍遞給父親。

「我喜歡這個！」

「沒想到這麼便宜，不到兩千日圓啊！好，那就……」

父親話說到一半就停住了。

我疑惑地望向父親的臉，發現父親一直盯著空氣槍的外盒。

「適合年齡是十歲以上啊！」

糟了，我心想。

當時我才剛滿八歲，自豪地吹噓自己擁有空氣槍的同學，當然也都只有八歲或七歲，想必一定有很多父母沒那麼嚴格吧！但是我不知道自己的父親是不是屬於這一派。順帶一提，母親對這方面的事情就非常謹慎。不過，這次是父親買給我，所以應該跟母親沒關係吧！小孩子就是這樣，總是會癡心妄想明明不可能的事。

我原本想說如果父親以適合年齡為理由說：「不能買！」那我就要主張同學都有、八歲和十歲差不多、保證絕對不會用危險的方式玩空氣槍……用各式各樣的理由說服父親。

但是，這些都是我杞人憂天的想法。

「其實，八歲和十歲也沒差多少嘛！」

我在心裡握拳拉弓擺出勝利的姿勢，父親似乎是屬於不拘小節的類型。母親聽到父親的說法，雖然皺了一下眉頭，但是可能因為剛離婚對我有點內疚，所以沒有對年齡這件事多說什麼，而我就這樣獲得適合更高年齡層的空氣槍。

再回到公園的時候，我馬上拿出空氣槍玩了一會兒。過不久我肚子餓了，於是三人一起去吃飯，約好一個月後再見就和父親分開，剩下我和母親二人踏上歸途。

一回到家，體型壯碩的黃金獵犬就湊過來玩鬧。

「優諾，我回來了！」

優諾搖著尾巴，讓我撫摸牠的耳後。優諾很喜歡我這樣摸牠。

爺爺從我出生的時候就開始養優諾，以前偶爾來爺爺家的時候我都會和牠一起玩。現在是每天都可以膩在一起。在母親娘家生活，能和優諾一起玩也是令人開心的事情之一。

「爸爸買了這個給我，很棒吧！」

我把空氣槍拿給優諾看。優諾歪著頭。優諾會不會像電視上那樣，學會說砰就裝死的特技呢？

「空氣槍不能對著優諾喔！」

不知道是不是看穿了我的想法，母親用稍微嚴厲的聲音從後面告誡我。

「知道了——」我乖乖地回答。回家的路上母親才嘮叨過：不可以對著人喔！我當時就心想，好囉嗦、知道了啦！

我摸了優諾一陣子之後，洗手走進家裡，很有朝氣地向坐在茶間的爺爺問好。

「爺爺，我回來了！」

「喔，小暦回來了啊！好玩嗎？」

爺爺以柔和的笑容迎接我。雖然平時沉默寡言，卻是經常給我糖吃、非常溫厚的爺爺。

「好玩，爺爺給我糖果！」

「今天已經吃過了吧！一天只能吃一顆。」

不過，一天絕對只會給我一顆糖，這件事讓我覺得爺爺很小氣。我很喜歡那種糖果，所以想要吃很多顆，但是爺爺把糖果收在我搆不到的衣櫃最上層抽屜，讓我沒辦法隨意拿。

爺爺都會給我糖吃，但是因為多吃不好，所以一天只會給我一顆。我此時還沒發現爺爺對細節的嚴苛，想都沒想就在爺爺面前炫耀父親買給我的空氣槍。

「算了。糖果不重要啦！爺爺，你看這個！」

「喔，是空氣槍啊！男生還是會想要這種玩具呢！爺爺小的時候也……」

爺爺原本溫和地笑著，眼神卻突然變得十分銳利。

「小曆，空氣槍借我看一下。」

「咦？好……」

在爺爺非比尋常的氣勢下，我乖乖地連同外盒一起交出空氣槍。

接過空氣槍的爺爺，指著外盒的某個地方以嚴厲的口吻說：

「適合年齡是十歲以上啊！給你玩這個還太早了！」

爺爺說完便站起來走出房間。我的空氣槍就這樣一去不回。我想應該是被丟掉了。

我大聲哭泣，從那天開始就超討厭爺爺，也擅自認定爺爺一定很討厭我。

結果我開始和安慰我的溫柔奶奶親近，變得不太和爺爺說話。

一直到兩年後爺爺過世，我才發現爺爺其實還是很疼愛我。

爺爺在離開這個世界之前，留下一道謎題給我。

*

「小曆。」

我聽到爺爺在紙門的另一頭呼喚我的名字。空氣槍被丟掉已經過了兩年，我還是很討厭爺爺。連到爺爺房裡拿糖果都作罷，所以我本來想假裝沒有聽到，直接跑出去玩算了。可是被叫到自己的名字時，我不自覺地停下了腳步。爺爺一定發現我已經聽到了。

我放棄裝傻，拉開爺爺房間的紙門。如果聽到爺爺叫我還裝作不知道，直接跑出去玩，一定會被罵。

「爺爺，什麼事？」

我假裝冷靜走進房間，爺爺躺在洋式的高腳床上。我剛來到這個家的時候，爺爺都是在榻榻米上鋪棉被睡覺的，住院幾次回家之後，爺爺就改睡這種用按鈕控制的床了。

「過來這裡。」

爺爺用虛弱的聲音叫我。他現在好像沒辦法像以前一樣大聲說話了。

我聽媽媽說，爺爺生病了。我一邊在心裡想著爺爺趕快死一死好了，一邊靠近病床旁邊。

「要吃糖果嗎？」

「……不要，不用了。」

我已經很久沒有吃糖果了。即便如此，我現在也能輕而易舉地想起那種糖果的甘甜滋味。其實我很想吃，但是不知道為什麼說不出口。

「這樣啊！」

低聲說了這句話的爺爺，不知道在想什麼。

爺爺沒有繼續說糖果的事，而是拿起放在病床旁桌子上的盒子遞給我。

「小曆，這個給你。」

「這個盒子是什麼？」

那是一個和學校用的筆記本差不多大的盒子。重量不重，搖晃也沒有聲音，所以可能是空的。不過，外觀像是藏寶盒一樣，所以讓我覺得很興奮。

我想打開盒子，卻怎麼也打不開。

「爺爺，這個盒子打不開耶！」

「啊，這個盒子有上鎖。」

「那鑰匙呢？」

「藏在只有爺爺知道的地方。」

「為什麼要藏起來？給我鑰匙啦！」

「爺爺死之前會把鑰匙給你。」

爺爺這麼說，讓我的心臟漏跳了一拍。

我很討厭爺爺。

自從爺爺丟掉空氣槍的那天起，我好幾次都在心裡想著「爺爺怎麼不趕快去死一死」。

爺爺該不會發現了吧……？

「之後你就……」

爺爺還想說些什麼，但是我實在太害怕，只好帶著盒子逃出爺爺的房間。

＊

過了幾個月後的某個假日。

我為了和同學一起玩，吃完中餐馬上就準備要出門。

「小曆，你要出去嗎？」

我在玄關穿鞋的時候，媽媽這樣問我。好奇怪，我昨天晚上明明就已經說要出去玩了。

「嗯，要和朋友一起玩。」

「……今天爺爺狀況不好，你別出去玩了，乖乖待在家裡。」

媽媽用很嚴肅的表情這樣說。但是我頂嘴說：

「……我才不管爺爺。我要出門了。」

我就這樣穿上鞋，然後打開玄關的大門。

「至少要早一點回來！」

母親對我大聲喊，但是我沒有回答就跑走了。平常很乖的優諾，只有那天在我背後吠了一聲。

儘管如此，我還是像平常一樣出去玩，然後像平常一樣玩到傍晚。

我還是在太陽下山之前回到家了。

不過，仍然為時已晚。

「我回來了！」

「小曆，你到底要玩到什麼時候！我不是叫你早點回家嗎？」

出來迎接我的媽媽，無論表情和聲音都告訴我她真的動怒了。

「對、對不起……但是，為什麼啊？」

媽媽不只是生氣，她還哭了。

「爺爺他……爺爺他……」

過世了。這個詞的意思，我也明白。

但是，這種時候該有什麼感想？該說什麼好呢？我真的不知道。

「爺爺一直問、一直問小曆在哪裡……我很想讓你見爺爺最後一面……」

媽媽馬上就不生氣了，只是又開始哭了起來。奶奶也在哭。

我一滴眼淚也流不出來。我只想到爺爺那麼討厭我，應該不想見我才對。

不過，有件事讓我很在意。

「那個，媽媽。」

「……怎麼了？」

「那個……爺爺沒有留什麼話給我嗎？譬如說要給我什麼東西之類的。」

「你和爺爺有什麼約定嗎？」

「嗯，爺爺說會給我鑰匙。」

「鑰匙？什麼鑰匙？」

爺爺給我盒子的事情我沒有告訴任何人。我雖然討厭爺爺，但是偷偷藏著藏寶盒讓我覺得很刺激。

當我正在煩惱要不要把盒子的事情告訴媽媽時，媽媽說：「爺爺突然病情惡化，叫了小曆好幾次。說不定就是要把鑰匙給你。可是，爺爺就這樣……」

說完媽媽又開始哭了。

對我來說，比起爺爺去世，以後可能再也無法打開藏寶盒更讓我在意。早知道會這樣，我就不要出去玩，一直待在家裡了。如此一來，或許就能從爺爺手上拿到那把鑰匙。

鑰匙到底在哪裡？盒子裡頭究竟有什麼？該不會以後都不得而知了吧？

我真的非常後悔。真的無法拿到那把鑰匙了嗎？

我很認真地想，想再見爺爺一面。

就算是幽靈也沒關係。我想再見爺爺一面，把鑰匙……

*

——下一個瞬間，我出現在一個不知名的盒子裡。

「……咦？」

我在盒子裡，躺在像是床的東西上。眼前的透明玻璃，微微映著我的臉。看起來應該是這個盒子的蓋子。我用手推了推，但是好像沒辦法從裡面打開。我心想該不會就這樣永遠都出不去，於是變得越來越恐慌。

怎麼回事？我應該在家裡才對。爺爺過世了，媽媽和奶奶都在哭……但是這裡是哪裡？為什麼我會突然出現在這裡？

我不懂這是怎麼回事。快打開、放我出去！就在我差點放聲大喊的時候……玻璃蓋的另一側出現人影。

站在那裡的是一名和我年紀相仿，但我從沒見過的女孩。

我不由自主地敲了敲玻璃。女孩聽到聲音嚇了一跳，身體縮了一下。糟了，如果嚇跑她，我就麻煩了。我決定盡量用沉穩的聲音向她搭話。

「那個，請問妳聽得到我的聲音嗎？我想請妳幫我打開這個蓋子。從裡面打不開。」

所幸女孩好像聽得到我的聲音。她開始在盒子周邊到處摸索，花了一番工夫幫我打開盒子。

我從盒子裡走出來，第一件事就是先環視周遭。

這是一個又白又寬廣的房間。房間裡有很多機械，還有好幾條繩索連著剛才關住我的盒子。雖然說是盒子，但是它並非四角形，感覺比較像機器人動畫裡面的駕駛艙。

然後，還有眼前這個幫我打開盒子的女孩。

我和女孩無言相對。她穿著白色的洋裝，留著一頭又長又直的漂亮黑髮，是個很可愛的女孩，但是我真的不記得自己見過她。

總而言之，她在這裡就表示應該知道一點什麼，所以我決定要問問看這個女孩。

「那個……妳是誰？我為什麼會在這裡？應該是說，這裡是哪裡？」

「……啊！」

我一開口問，女孩就往後跑走了。

「啊！等等！」

我立刻追在她後面。女孩在雜亂的建築物中，毫不猶疑地迅速逃走。看她的腳步，應該對這棟建築物非常熟悉。我們之間的距離越來越遠，最後那女孩從像是後門的出口衝到建築物外。

我雖然慢了幾秒鐘，但也跑出建築物，狹窄的巷弄裡並沒有女孩的蹤影。已經是傍晚了。我對這個被夕陽染紅的城鎮沒有印象，也不知道該怎麼辦。我想應該先往比較寬敞的馬路移動，所以繞到建築物的另一側。

結果，在一個像是正面玄關的入口旁，發現寫著建築物名稱的看板。

虛質科學研究所

雖然我不知道虛質是什麼，但是我知道科學和研究是什麼意思。簡而言之，這裡應該是像爸爸那樣的學者工作的地方。

看板下方貼著寫有町名和番地的牌子。這上面的地名我還算是有聽過。如果是我知道的那個地方，距離我家大概是步行一小時的距離。我怎麼會在這種地方？媽媽呢？奶奶呢？我既害怕又搞不清楚狀況，差點就要哭出來。

此時，馬路對面有一位看起來人很好的阿姨朝這裡走過來。我一跑過去，阿姨就一臉驚訝地停下腳步。

「抱歉！請問這裡是哪裡？」

「咦？什麼哪裡？」

「這裡是什麼縣、什麼市、什麼町？」

「這裡是大分縣大分市的某某町喔！」

我聽到阿姨的回答，終於有點安心。果然是我知道的某某町。既然如此，只要知道路就可以走回家了。

「那個，請問您知道××町嗎？」

「嗯，我知道喔！」

「從這裡要怎麼過去呢？」

「怎麼去？你該不會是要用走的吧？大概要一個小時喔！爸爸媽媽不能來接你嗎？」

「因為我沒有帶電話。」

「阿姨借你用吧！不要客氣。」

這位阿姨說完就把手機借給我了。遇到親切的人真是太好了。我至少記得家裡的電話，所以就順著阿姨的好意打了電話回家。

「您好，這裡是高崎家。」

「啊，媽媽。」

「哎呀，是小曆啊？怎麼了？」

雖然媽媽有點驚訝，但是……這和我想像中的反應不太一樣。

「小曆，爸爸買手機給你是嗎？」

「不是，是路過的阿姨借我手機。」

「咦？」

「我還不太清楚是怎麼回事。不過，媽媽現在可以來接我嗎？」

「接你？爸爸不在嗎？」

「爸爸？爸爸不在啊！」

「這樣啊？怎麼回事，你跟爸爸吵架了嗎？」

「咦？」

……我覺得和媽媽之間的對話有點搭不上線。

「先不說這個，那我要去哪裡接你呢？」

「某某町的虛質科學研究所。」

「啊，你果然跟爸爸在一起啊！我馬上就過去，到時候在車上告訴我發生什麼事吧！」

「咦？嗯……」

雖然我很疑惑，但還是先掛斷電話。我把手機還給那位阿姨，回到研究所前等媽媽來接我。

媽媽為什麼會一直提爸爸呢？今天我明明就沒有和爸爸見面啊！而且她剛才明明哭得那麼傷心。

既然我人在這裡，不就表示我突然從媽媽的眼前消失嗎？不對，這種事不可能發生。既然如此，媽媽應該會更擔心我才對。

那麼難道是我已經跟媽媽說過，自己走來這裡的？只是我全部都忘記了？雖然我覺得不可能，但是瞬間移動應該更不可能吧……？

就在我東想西想的時候，時間一下子就過去了，人煙稀少的道路上汽車引擎聲漸漸靠近。但是，那不是媽媽的車。我還是先站起來，往旁邊靠以免擋到路。

結果，那輛車不知道為什麼速度慢了下來，往這裡靠近並且停在我眼前。

「咦？」

坐在駕駛座上的是媽媽。

好奇怪。媽媽開的應該是剛買不久的輕型汽車。但是，媽媽現在開的是陳舊的老爺車。

不過仔細瞧就會發現，我好像在哪裡看過這輛車。

「……啊！」

我想起來了。這輛車是爺爺以前開的車。

這幾年明明都一直停在車庫啊！因為爺爺過世才開出門嗎？汽油之類的沒問題嗎？

我打開車門坐上副駕駛座，媽媽笑著迎接我。

「你來啦，爸爸呢？」

「就說他不在啊！」

「是嗎？那接下來呢？直接回家嗎？」

我沒有要買東西或辦其他的事情。今天好想先回到已經待習慣的家裡冷靜一下，於是我叫媽媽直接開回家。

媽媽邊開車邊問我：

「所以今天怎麼了？和爸爸之間發生什麼事嗎？」

又提到爸爸了。究竟是怎麼回事？

「什麼事都沒有啊！而且我今天根本就沒有見到爸爸啊！」

「那你怎麼會在那種地方？」

「研究所嗎？這和爸爸有什麼關係？」

「有什麼關係？那是爸爸工作的地方啊！」

我嚇了一跳。爸爸的確是一名學者，也在類似的地方工作，但沒想到會是在那裡……

「原來如此……」

「你忘記了嗎？最近沒有去嗎？」

「最近？應該是說我一次都沒有去過吧！」

「咦？爸爸說他有帶你去過啊！」

「和爸爸一起嗎？有去過嗎……」

「小曆小時候去過幾次，可能是你忘記了。」

原來如此，我完全不記得。應該是我很小的時候吧！

可是……怎麼說呢，從剛才開始就有一股難以言喻的違和感。

好像有哪裡、哪裡不太對勁。

我們持續有點搭不上線的對話，一路開車回到家裡。平常停在院子的輕型汽車不在位置上，這是怎麼回事啊？

媽媽讓我在玄關前下車，再把車開到後面的車庫。

我想先摸摸優諾冷靜一下，但是庭院裡沒看到牠的身影。可能已經在狗屋裡睡覺了吧！如果是這樣的話，把牠吵醒就太可憐了。

我聞到晚餐的味道。說到晚餐，我肚子就餓了。我打開玄關門走進屋內。

「我回來了！」

「哎呀、哎呀，是小曆來了！」

原本站在廚房的奶奶，笑著喊我的名字。為什麼奶奶心情這麼好啊？爺爺不是才剛去世嗎？

「等你好久了。來，來這裡坐吧！肚子餓了嗎？馬上就可以開飯了喔！」

……該不會是爺爺去世，奶奶因為太過震驚才變得有點奇怪？剛才還哭喪著臉，現在卻令人不可置信地心情愉悅，我一邊覺得不安，一邊按照奶奶說的話拉開茶間的紙門。

這下我完全停止思考了。

因為，有個人在四角桌前盤腿坐著。

「喔，是小曆啊！好久不見了。來，坐吧！來爺爺旁邊坐。」應該已經去世的爺爺，正在對我招手。

＊

我想到好幾種可能。

首先是做夢。如果是做夢的話就太好了。但是這個夢無論我怎麼捏臉頰、賞自己巴掌都沒有醒來。

第二種情況是幽靈。剛才還想著就算是幽靈也好，拜託讓我見爺爺一面。不過我鼓起勇氣摸了爺爺，發現爺爺的確有觸感也有體溫。

還有另一種可能是我瘋了。但我相信自己沒有瘋。

雖然還是搞不清楚狀況，不過我還是盡量冷靜地慢慢從媽媽、爺爺、奶奶身上問出一點資訊。

結果，我只得到一個結論。

這裡不是我原本的世界。

這個世界是三年前父母離婚時，我沒選擇媽媽而是選擇跟著爸爸的世界。就像我在某個動畫裡看到的平行世界那樣。

這個世界的我不住在這裡，而是和爸爸住在一起。所以媽媽才會一直問我：「爸爸呢？」奶奶也是因為這樣，看到我才會那麼高興。

為什麼這種時候我會毫無抵抗地接受眼前的事實呢？我甚至一點也不擔心回不回得去原本的世界。比起這些小事，歸納出結論的我只想著一件事。

這個世界的爺爺還活著。

這不就表示，我可以從爺爺手上拿到藏寶盒的鑰匙了嗎？

＊

跟爺爺說話需要鼓起勇氣。在原本的世界裡，我幾乎沒有和爺爺說過話。不過，我在意藏寶盒的程度早就超越一切，只好硬著頭皮走向睽違兩年的爺爺的房間。

「那個……爺爺。」

「喔，是小曆嗎？」

「我可以和爺爺聊聊嗎？」

「當然可以啊！快進來，快進來。」

爺爺出乎意料地溫和。在原本的世界裡，爺爺應該很討厭我才對，所以他現在這樣反而令我害怕。

不過，我也回想起，爺爺除了丟掉空氣槍之外，在原本的世界也很溫和。

空氣槍事件過了兩年之後，我仍然一直躲著爺爺。結果我們之間再也沒有任何對話，爺爺也就這樣走了。直到現在，我才開始後悔，當初應該好好和爺爺聊一聊，或許這樣一來，我們爺孫意外地可以輕鬆地和好如初。

想到這裡，我就更在意藏寶盒的事情了。如果爺爺和這個世界的爺爺一樣溫柔，那他究竟留給我什麼呢？

「爺爺有藏寶盒嗎？」

「藏寶盒？沒有啊！爺爺沒有藏寶盒喔！」

看來事情沒有這麼簡單。

這個世界的爺爺本來就沒有藏寶盒。如果那個藏寶盒是為了我而買，那麼這個世界的爺爺和我本來就分開住，沒有藏寶盒也是無可奈何的事。

「你需要盒子是嗎？如果是餅乾盒的話爺爺有很多喔！」

不知道是不是看到我很明顯地露出失望的表情，爺爺急忙這麼說。但是我想要的並不是餅乾盒。

「對了，說到餅乾，小曆要吃糖嗎？」

爺爺說完便站起來，從衣櫃最上層的抽屜拿出我最愛吃的糖果。

好懷念啊！這是爺爺以前經常給我的糖果。這個世界的爺爺也把糖果放在一樣的地方。如今我已經長高了，兩年前搆不到的抽屜感覺好像能打開了。

我把爺爺給的糖果放進嘴裡，曾經最喜愛的甘甜滋味久違地在口中化開。

此時，我突然靈光一閃。

雖然這個平行世界和我原本的世界有很多不同，但是相同之處也不少。爺爺存放糖果的位置就是一個例子。

既然如此，爺爺的想法基本上應該會是一樣的吧？

「那個……爺爺。」

「怎麼了？」

「這個嘛，藏寶盒其實是爸爸給我的。可是鑰匙被爸爸藏起來了。爸爸叫我自己去找找看。如果是爺爺的話會藏在哪裡呢？」

這個世界的我和爸爸一起生活，所以我才想到編造故事的方法。如果爺爺的想法無論在哪個世界都一樣的話，或許我就可以把這個世界的爺爺心中的答案當作線索，回到原本的世界找出鑰匙。

「原來你爸爸也會做這種有趣的事情啊！」

爺爺笑了笑，開始認真思考。

「藏東西有兩種目的。一種是絕對不想被找到，另一種則是其實想被找到，根據目的不同，藏東西的方式也會不一樣。藏寶遊戲通常都是以被找到為目的，爸爸是屬於哪一種呢？」

「我想應該是想被找到吧！如果不想被找到的話，一開始就不會給我藏寶盒才對吧？」

「嗯，說得也是。小曆真聰明。既然如此，如果是爺爺給小曆藏寶盒，然後要你找出鑰匙的話……」

爺爺認真思考後，告訴我一個答案。

「我會藏在一個小曆現在不會注意，但是有朝一日一定會注意到的地方。如此一來就能妥善地藏好寶物了。」

「那是什麼地方呢？」

「爺爺不知道爸爸家是什麼樣子，所以沒辦法回答耶。」

「這個家裡呢？如果是藏在這個家裡的話，爺爺會藏在哪裡呢？」

「這個家裡嗎？嗯……哪裡好呢……」

結果爺爺沒有想到最重要的答案。明明家裡很寬敞，能藏東西的地方很多。

「……說到藏東西，優諾以前也經常把鞋子之類的東西藏起來呢！」

爺爺的聲調突然沉了下來。

我聽到這件事有點驚訝。因為據我所知，優諾完全不會惡作劇。

因此我才想起來，對了，這裡是平行世界。這個世界的優諾和我認識的優諾是不一樣的。

這個世界的我不住在這個家裡。也就是說，我應該一段時間沒有見到優諾了，總之，我應該先假裝是這樣比較好。

「優諾過得好嗎？」

爺爺瞇起眼睛，回答我的問題。

「這個嘛……優諾在天堂一定過得很好。」

我差點情不自禁地大喊出聲。

在天堂過得很好，也就是說……

這個世界的優諾，已經死了。

「優諾啊，是從小曆出生那時候開始養的喔！」

這件事我至今聽過好幾回了。還有一首標題是〈孩子出生之後請養一隻狗〉的詩，聽到我都會背了。

孩子出生之後請養一隻狗。

在孩子的嬰兒時期，狗狗會是孩子的守護者。

在孩子的幼兒時期，狗狗會是孩子的好玩伴。

在孩子的少年時期，狗狗會是孩子的知心夥伴。

最後，在孩子成為青年時，狗狗會以自己的死亡教導孩子生命的寶貴。

……小曆啊，你一定要成為堅強、溫柔的人。連優諾的份一起活下去。

爺爺為了偶爾來玩的我，特地養了優諾。這一點和原本世界的爺爺一樣。

「……優諾以前會把鞋子藏起來是真的嗎？」

「是啊！小時候很調皮搗蛋喔！」

「但是後來就不會亂藏東西了吧？」

「那是因為爺爺有罵牠，也有好好教牠規矩啊！否則不小心咬傷小曆，那小曆和優諾都會很可憐。」

我聽到爺爺這麼說，才終於懂了。

做錯事就要罵，這並不是因為討厭對方。

八歲的我擁有十歲才能玩的空氣槍。這是不對的，所以才會被爺爺沒收。爺爺是為了不讓我去傷害別人，同時也不傷到自己。

如果爸爸在這裡也買了空氣槍給我，大概一樣會被這個世界的爺爺丟掉吧！然而，我卻一心把爺爺想成魔鬼，以為爺爺討厭我，所以我也一廂情願地討厭爺爺。

爺爺其實還是對我很好。

「我好想念優諾喔……」

好想回到原本的世界，我心裡出現這個想法。

這個世界的爺爺還活著。但是，優諾已經不在了。

「小曆還有一段時間見不到優諾，但是爺爺可能過不久就能見到牠了呢！」

爺爺開玩笑地說，而我已經明白爺爺這句話的意思了。

平行世界和我的世界幾乎相同。或許這個世界的爺爺和原本世界的爺爺一樣，都因為生病就快死了。

當我回到原本的世界時，或許優諾也死期將至。

爺爺和優諾在兩個世界都會死，不再存在了。

我直到現在才開始對爺爺的死亡感到悲傷。我心中第一次萌生有別於沒拿到鑰匙的遺憾。

「那個……爺爺。」

「怎麼了？」

「我今天可以和你一起睡嗎？」

「……啊，當然好啊！」

這時候的爺爺咧嘴一笑，看起來一副很高興的樣子，不知道為什麼我反而更悲傷了。

然而，我勉強自己忍住這份悲傷。

「然後再給我一顆糖果！」

「不行，糖果一天只能吃一顆。」

我稍微安心地笑了出來。啊，爺爺果然還是爺爺啊！

那天夜裡，我在爺爺身邊迷迷糊糊地入睡時，突然想到鑰匙會放在哪裡了。

＊

隔天早上。我醒來的時候，不知道為什麼和媽媽睡在一起。

「哇啊?!」

「嗯……小曆，你起床啦？」

媽媽邊揉眼睛邊說。媽媽看起來並沒有因為和我睡在一起而感到不可思議。明明從兩年前開始，我們就再也沒有一起睡過了。

本來和我一起睡的爺爺，當然也不在這裡。

也就是說，難道……

「爺……爺爺呢？」

我戰戰兢兢地問，媽媽瞬間睜大眼睛，然後摸摸我的頭，瞇著眼說：

「已經請葬儀社整理好遺體，現在躺在佛祖的房間裡喔！」

果然是這樣，看來我已經回到原本的世界。而這個世界的我，昨天晚上不知道為什麼跑來和媽媽一起睡了。

……我明明就到另一個世界了，這個世界竟然還有一個我？

「啊，媽媽，昨天晚上……」

「怎麼了，起床之後覺得很丟臉嗎？昨天的小曆很愛撒嬌呢！」啊，原來如此。我昨天去了和父親一起生活的世界，取而代之和母親分開的我，則來到這個世界。

那個世界的我一定會對媽媽撒嬌吧！想到這裡，我有點後悔沒在那個世界見爸爸一面。那個世界的我和爸爸一起生活，一定比這裡的我和爸爸感情更好。

那個世界的我得知這個世界的爺爺已經死了，不知道做何感想。

「媽媽一直以為小曆討厭爺爺。但是，好像不是這樣呢！」

因為媽媽的這句話，讓我覺得好像知道答案了。

＊

我來到已經許久未踏入的爺爺的房間。

直到兩年前為止，我每天都會來這裡拿糖果，自從討厭爺爺之後就再也沒來過了。

這個房間和那個世界的爺爺的房間幾乎一模一樣。收納糖果的衣櫃位置、大小、形狀都相同。

即便我再也沒有來過，爺爺也會為我準備糖果吧？

現在的我似乎已經知道答案了。

衣櫃裡一定有糖果。

畢竟爺爺給我藏寶盒的那天也曾問我：要吃糖嗎？我好後悔那時候回答

「不要」。要是那時候坦誠地收下糖果就好了，那一定是我與爺爺和好的最佳機會。

我靠近最大的衣櫃。兩年前我搆不到最上層的抽屜，現在我已經長高了，所以一個人也能打開。我已經快要十歲了。

我打開爺爺平常拿出糖果的抽屜。

裡面有我最愛吃的糖果。

「爺爺，我要吃一顆喔！」

我把一顆糖果放入嘴裡，最愛的甜味在口中化開。但是，我真正想要的東西並不是這個。我把手伸進糖果袋裡翻找。

一定，在這裡面——

「……啊！」

我的指尖觸碰到某種硬物。

我把硬物拿出來一看，發現是鑰匙。

「……果然在這裡。」

我想起那個世界的爺爺說過的話。

「我會藏在一個小曆現在不會注意，但是有朝一日一定會注意到的地方。」

獲得藏寶盒的時候，我還很討厭爺爺，所以從不靠近爺爺的房間。儘管如此，爺爺還是相信我總有一天會去找他拿糖果。

因為到那個時候就算自己死了，我一定也已經長高，可以獨自打開抽屜。所以爺爺才把藏寶盒的鑰匙藏在那裡。

我拿出藏在自己房間裡的藏寶盒，帶著鑰匙一起走到爺爺沉睡的佛祖的房間。

爺爺躺在棉被裡。我本來幻想爺爺會像幽靈一樣蒼白，但是實際看起來只是臉色偏黃而已。

爺爺本來就很削瘦的臉，現在好像看起更瘦了。

我只記得爺爺生氣的表情，但現在的爺爺看起好像另一個人。

爺爺已經死了。

再也不會生我的氣，也不會給我糖果了。

我突然覺得很害怕。

自從爺爺給我藏寶盒之後，我就幾乎沒有和爺爺說過話。

「爺爺？」

我叫喚沉睡的爺爺，突然覺得眼淚就要奪眶而出。

「爺爺，我要打開藏寶盒了喔！」

在淚流滿面之前，我把鑰匙插進藏寶盒。

喀嚓一聲，手上傳來輕微地震動。

我打開藏寶盒的蓋子。

「啊……」

裡面放著外盒標註「適合年齡十歲以上」的空氣槍。

「這是……那時候的……」

八歲的時候爸爸買給我，但是爺爺說我玩這個還太早而沒收的空氣槍。這也是我討厭爺爺的契機，

我一直以為空氣槍被爺爺丟掉了。原來爺爺沒有丟掉，一直保管著。

盒子上有一張對折的小紙條。我把紙條打開來看。

歪歪斜斜而顫抖的字跡，甚至比我寫的還醜。爺爺用這樣的字寫著：

小曆，十歲生日快樂。不可以對著人射喔！

優諾在屋外叫了一聲。

中場休息

這就是我第一次意識到平行世界的事件。順帶一提，和我預期的相反，優諾在那之後繼續活了兩年，沒有遇到意外事故最後壽終正寢。

現在想來，平行世界大概就是在這段時間迅速廣為社會大眾認知。日本的虛質科學研究所大張旗鼓地發表「已經證實平行世界的存在」。沒錯，就是我爸爸工作的研究機構。

該研究所發表的內容如下：

這個世界存在許多平行世界，人類在日常生活中也會不自覺地移動到平行世界。移動指的並非物理性的肉體移動，而是意識與平行世界的自己交換。此時，時間並不會移動。

越接近的平行世界和原本世界的差異越小，用比較極端的說法比喻，相鄰的平行世界，差別只在早餐吃飯或吃麵包而已。

另外，越接近的平行世界，不自覺移動的頻率越高，移動時間也很短。這就是人們不會發現已經移動到平行世界的原因。因此，才會發生「原本應該收在某處的東西不見了」、「在已經找過的地方出現要找的東西」、「弄錯約好的時間」等所謂的記憶錯誤、誤會、健忘等現象。

據推測，鮮少有移動到遙遠平行世界的案例。越遠的平行世界與原本世界的差異越大，移動到遙遠平行世界的人類應該會覺得自己就像誤入異世界一樣。

平行世界之間的移動，稱為「平行跳躍」。

第一次的發表內容，大致就是如此。

這項發表，剛開始在學會中理所當然地被一笑置之。然而，在發表者——虛質科學研究所所長佐藤絃子教授逐一提出詳細論文與實驗結果後，平行跳躍引起空前絕後的論戰。

世界各地的學者與研究機構為了確認或者否定平行跳躍理論而團結合作，結果只花了短短三年，全世界的研究機構就一致認同平行世界的存在，而虛質科學也正式成為一門學問。

我十五歲時，已經開始試做標示ＩＰ（標示個平行世界、如同指紋般的東西。日語譯為「虛質紋」）的機器，各業界的有志者以樣品的形式穿戴該機器以監測ＩＰ位置。這些機器演變成之後的「ＩＥＰＰ計數器」。

現在這個時代，人一生下來就要戴上電子裝置。此時安裝的就是ＩＥＰＰ計數器。這是一種軟體，能將自己出生的世界登錄為0世界，隨時測定ＩＰ以確認自己現在處於哪個世界。因此，平行世界對大眾而言已經變成非常熟悉的概念。

話雖如此，我十五歲時，還有很多人認為平行世界只是虛構的故事。就連知道虛質科學的人也很難認同，甚至有人認為這是一種邪教。

十五歲。

在這個思考如何與平行世界相處的動盪時代，我個人的世界裡也發生影響一生的重大事件。而這起事件仍然與平行世界有關。

當然——這次的情況非常特殊。

第二章　少年期

我從來沒有為了準備考試而讀書。

雖然我自己說不太公道，但是我和周圍的人比起來算是有點——不對，應該是相當聰明。

因為已經了解上課的內容，所以不需要預習和複習，小學時總是考滿分。上國高中之後，考滿分的情形雖然有減少，但是也從來沒有低於九十分。

中學時期總覺得自己無所不能，心裡暗自認為周遭的學生都是笨蛋，當時的我就是這樣年輕幼稚的傢伙。

當然，我也付出相同的代價。雖然刻意隱藏「我和你們這些人不一樣」的驕傲想法，但同學們似乎還是隱隱察覺到了，中學時期的我，其實沒有半個朋友，不知道是我當時覺得無所謂還是自己鑽牛角尖，總之我讓自己陷入孤立狀態。

不過，我似乎是一個天生怕寂寞的人。國中快畢業的時候，我對自己的學生生活感到非常後悔。下課休息的時間，我假裝認真讀書偷聽周圍的同學說話，發現他們都在聊畢業前要做些什麼事情當作紀念、畢業典禮之後一起去唱歌之類的事情，大家都聊得好開心。

當然，沒有人會來約我。雖然我表現出一副不想和這種無聊事有牽扯的樣子，但其實心裡非常羨慕同學。

到了畢業典禮當天，大家互相交換畢業紀念冊，在最後空白的頁面上寫下給對方的話。

我斜眼看著這些同學，選擇一個人回家，寂寞地盯著空白的最後一頁，我默默下定決心。

上高中之後，一定要交到朋友。

我就讀的高中是縣內最難考的升學學校，至少我以前的同學沒有一個和我進入同一所高中。也就是說，可以在沒有任何人認識我的狀態下開始高中生活，而且大家的學習能力應該都差不多，所以我心想這次一定能不把同學當笨蛋，培養出一般學生的友情。

入學考試在畢業典禮結束四天後。雖然是最難考的學校，但我只要認真讀書，也有自信可以每科都考滿分。不過，如此一來很可能又會因為這樣和同學產生隔閡，再度陷入孤立狀態。所以，我完全沒有為入學考試做準備。反正我有自信在沒準備的狀況下合格，更何況我真的考上了。

高中入學前一週，即將就讀的學校和我聯絡。

學校希望我在開學典禮上擔任新生代表。

為什麼找我？一問之下，才知道答案非常簡單。儘管我完全沒有準備考試，但我仍然以第一名的成績考上該校。

因為這件事並沒有強制性，所以我拒絕擔任新生代表。一旦我成為新生代表，大家馬上就知道我以第一名的成績入學，這樣可能對我交朋友的計畫產生負面影響。我當時真心認為，中學時期是因為成績好所以才交不到朋友。

學校接受了我拒絕擔任新生代表這件事，而我則一副若無其事的樣子去參加開學典禮。當天在舞台上發表入學致詞的新生代表是一名戴著眼鏡的女同學，我後來聽說她是以第二名成績考上的學生。

當時拒絕擔任新生代表這件事，對我的人生產生莫大影響。

在某個平行世界裡，一定也有選擇擔任新生代表的我吧！那個我是否過得幸福呢？

我有時會莫名地在意起這件事。

*

上高中之後要交到朋友。我這小小的奢望，不到一個月就以失敗告終。剛開始我非常努力。積極和其他同學說話，也盡量避免太顯眼的行動。但是，成績仍然成為我的阻礙。

因為是縣內第一的升學學校，所以一年級的班級都是按照成績編列。我是成績最好的A班，班上比起玩樂更注重認真讀書的氛圍非常強烈，大部分的學生關心成績多過關心其他人。剛開始我還想過，要是當初再偷工減料一點，進入等級低的班級就好了。

A班的學生就算放假也大多都在補習班讀書，總感覺如果悠哉地說出「一起去玩吧！」這種話就會被當作異類，所以我也一直說不出口。看著專心讀書的同學，我心裡終究還是冒出「這些傢伙的成績比不讀書的我還差啊……」這種想法。

一旦有了這種想法就回不去了。就和國中的時候一樣，在心裡把同學當成笨蛋。不但完全無心參與成績競賽，還故意在定期考試考出很爛的成績。97

分、89分、83分、79分、73分……但這種成績竟然還屬於高分，讓我覺得更沮喪了。

當然，這種情況下我更不可能交到朋友。班上雖然都是以讀書為優先的同學，但也不知不覺中出現感情較好的小團體，而我又再度被孤立了。

就這樣，我和國中的時候一樣，成為休息時間一個人看書的傢伙，直到某個夏日放學後……

故事突然開始了。

＊

「曆。」

剛開始，我沒有發現對方是在叫自己的名字。

這是理所當然的。畢竟上高中之後我一直都是自己一個人上下學，在學校如果有什麼事要談，同學也一定會用姓氏「高崎」稱呼。放學後沒有什麼特別的事情，突然被一個不怎麼熟的女學生用名字稱呼，而且還不加稱謂。這種事不可能出現在我的高中生活才對。

所以就算聽到自己的名字，我也以為是和自己沒有關係的閒聊，拿起書包就打算走出教室。

「等一下！」

不過，聽到這句話再加上手臂被拉住，就無法當作沒看見了。我非常震驚地回頭。

「曆，你為什麼要無視我啊！」

我不懂這是什麼意思。

抓著我的手臂、以冰冷的眼神瞪著我的人，是班上的……瀧川和音嗎？這位戴著眼鏡的女學生把一頭長黑髮往後紮成一束。她在成績優秀的A班當中，仍是穩坐第一名寶座的才女，同時也是在我拒絕學校之後，代替我成為新生代表的學生。

她是我的同班同學，但我從來沒有和她說過話。我們沒有一起參與過班上的工作或幹部會議，她也從來沒有叫過我的名字。更何況是只稱呼名字，連稱謂都沒有。

我不知道到底發生什麼事，只是愣愣地看著她。我想當時我的表情一定很錯愕，她眉頭皺了起來。

「你這是什麼表情……還是，你還在意那件事嗎？我已經不生氣了啊！」

我不懂，完全搞不懂她在說什麼。我在意什麼？她又在氣什麼？我滿頭問號。

「好了，一起回家吧！如果你想道歉的話，我願意聽你說。」

說完，瀧川同學牽起我的手，打算離開教室。明明和女孩子牽著手，但我一點也不開心，甚至開始覺得恐怖。

「那個，瀧川同學？」

我沒那個勇氣甩開手，只能戰戰兢兢地看著眼前的背影說話。結果瀧川同學停下腳步轉過頭來。

「這種稱呼方式是什麼意思啊？就算是在吵架，我也不喜歡你這種做法。」

「吵架？我不會吵架啊……那我該怎麼稱呼妳？」

「……你在生我的氣嗎？」

不行。我們根本無法好好對話。這女孩該不會因為讀書讀過頭，整個人瘋了吧？

我和瀧川同學之間謎樣的對話，引來留在教室裡的同學注意。我雖然已經放棄交朋友，但至少不想被同學討厭。

「總之，妳先放開我……」

瀧川同學意外地老老實實放開我的手。和表情相反的溫暖手掌放開的那一瞬間，我覺得很惋惜，但現在可不是在意這種事情的時候。

「瀧川同學，妳怎麼了？」

「我才想問你怎麼了。曆，你好奇怪。我們最近的確有點不同調，但這種做法不像你……」

說到這裡，瀧川同學好像突然發現什麼似地睜大眼睛。

她看著左手腕上的手錶，大吞一口氣才抬起頭。看起來好像想說什麼似地張著嘴，但是又持續沉默。

「……對不起。」

沉默五秒之後，瀧川同學只說了這句話就逃難似地離開教室。

同學們投以好奇的眼光。看來大家也不是真的只對讀書有興趣。事到如今，這些都不重要了。

我到走廊上一看，發現瀧川同學已經不在了。

＊

孤傲的才女，我覺得她非常適合這樣的稱號。瀧川和音。紮成一束的黑髮長及腰部，高度數鏡片後的細長雙眼冷冷地拒絕外人入侵。高中生活開始之後約莫三個月，她在班上一直都維持第一名的成績。除此之外，我從來沒看過她和其他的學生玩在一起。

瀧川同學昨天的詭異行徑，到底是怎麼了呢？

回家之後我想了很久，但是我真的不記得和瀧川同學說過話。不僅如此，我們在同一間教室相處超過三個月，大概連視線都沒有交會過。當然也不是單用名字互相稱呼的關係，更何況是吵架了。

本來以為是認錯人，但是瀧川同學正確地喊我「曆」。如此看來，昨天瀧川同學的確是在向我搭話。

我朝坐在教室左前方的瀧川同學瞄了一眼。我的座位幾乎位在教室的正中間，所以我是從她的斜後方看過去。瀧川同學挺直腰桿面朝黑板，瞇著眼睛認真聽課。一直盯著她看才發現，瀧川同學幾乎沒有做筆記。好像偶爾會寫一些東西，但是基本上不會照抄黑板上的內容。她和我一樣。

課程結束，中間休息十分鐘。我一邊準備下一堂課，一邊偷偷觀察瀧川同學的狀況。不過，瀧川同學完全沒有朝我這裡看過。她散發出不讓人靠近的氛圍，在課堂和課堂之間的短暫休息時間閱讀文庫本的樣子，讓我覺得昨天的事情或許是一場夢。

同班同學有時會偷瞄我和瀧川同學。他們大概很好奇我和瀧川同學的關係吧？他們不直接問我，是因為我沒有朋友。如果我有朋友的話，現在早就被逼問了。雖然很諷刺，但現在我很感謝自己沒有朋友。畢竟，最好奇我們之間關係的人就是我自己。

不過，說到可能的原因，我也不是沒有一個底。

在這樣的狀況下，我整天都戰戰競競地窺探瀧川同學的狀況，但是，無論中間下課還是放學後，瀧川同學都沒有再看過我一眼。本來在她回家前想打聲招呼，但是我也只能目送她走出教室的背影。

如果我想得沒錯，應該不需要太在意——我邊想邊在出入口打開鞋櫃。我的鞋子上放了一張對折的紙條。

是什麼呢？我當場打開看了內容。

那是瀧川同學寫給我的信。

＊

「歡迎光臨！請問您一位嗎？」

「啊，不是，我想我朋友應該已經到了。」

「方便告訴我朋友的大名嗎？」

「她姓瀧川。」

「瀧川……好的，人已經到了。請您到三〇一號包廂，電梯在那裡。」

在店員的指引下，我搭上電梯並按了三樓的按鈕。

這是距離車站約十五分鐘路程的卡拉ＯＫ店。因為有點遠而且比較貴，所以學生不太會來。媽媽說過這裡包廂很漂亮、食物也美味，所以很受社會人士歡迎。

我抵達三樓，找到三〇一號包廂的門。

我將手搭在門把上，深吸一口氣。然後下定決心，推開那扇門。

然而，裡面一個人也沒有。

椅子上放著學校的書包，看來人應該已經到了。難道是去上廁所了嗎？不知道為什麼我有點沮喪。怎麼辦？要坐在這裡等她嗎？還是先到外面去——

「高崎同學？」

「哇啊！」

她突然從背後叫我，我因為太震驚腳滑了一下，整個人跌進包廂裡。

「你沒事吧？」

瀧川同學用聽起來不像是真的擔心我的聲音這麼說，然後從上方俯瞰我。她手上拿著裝有飲料的玻璃杯。

「沒、我沒事。」

「我剛才去拿飲料了。這裡飲料免費，高崎同學也去拿吧！玻璃杯放在那裡。」

我照她說的去拿了飲料。我在玻璃杯裡放三顆冰塊和薑汁汽水，利用走回包廂這段短暫的時間，再度讓心情冷靜下來。

咦？話說回來，剛才瀧川同學叫我「高崎同學」。不對，這樣才正常，但是昨天她明明叫我「曆」。

總之，瀧川同學特地約我出來。而且還約在學生不太會來的地方，應該是想向我說明什麼吧？

我心裡懷著些許不安與期待，再度推開包廂的門。

瀧川同學和上課時一樣挺直腰桿坐著，用吸管喝著紅茶之類的飲料。我在她的對面坐下，也喝了一口薑汁汽水。好尷尬。是否應該由我開口呢？不，我想應該是瀧川同學先開口才對。她應該不是真的叫我來唱歌的。不過，瀧川同學一直沉默。喇叭傳出降低音量的流行歌曲，艱辛地撐著場面。

那首歌結束之後，整個包廂變得很安靜。

「昨天，我很抱歉。」

瀧川同學的表情沒有任何改變，就這樣對我低頭致歉。

「啊，不，那個……其實也沒什麼。」

「你嚇了一跳吧？」

「嗯……那個，究竟是怎麼回事？」
瀧川同學沒有直接回答我的問題，只是把她戴在手上的手錶給我看。
「你知道這是什麼嗎？」
「不是……手錶嗎？」
我雖然這樣回答，但是也已經猜到那是什麼東西了。
小小液晶螢幕中的數位數字，如果是手錶的話應該顯示兩個二位數，但這個裝置只顯示一組三位數。
「這不是手錶，是ＩＰ裝置。你知道這個嗎？」
啊，果然，和我想的一樣。
ＩＰ裝置是幾年前「虛質科學」開始急速發展時誕生的產物之一。這項裝置可將某個世界登錄為0世界，藉由觀察變動的數值了解自己位在距離0世界多遠的平行世界。現在還在試做階段，尚未在市面上流通，只有該研究的相關人士與其家人等極少數人，以監測員的身分將這項裝置佩戴在身上。我雖然沒有，但是爸爸曾經拿給我看過。瀧川同學的裝置就和這個一模一樣。
「嗯，我大概知道。」

「這樣啊，那你應該也知道這些數字是什麼意思吧！」

瀧川同學指著三位數的數位數字。數值顯示為０８５，也就是說……

「昨天的瀧川同學，是從第85號平行世界跳躍過來的啊……」

「對，現在也是。我沒有發現這件事，以為自己還在0世界，所以就像平常一樣和你說話。」

「也就是說，在妳的0世界裡，都直接叫我的名字嗎？」

應該就是這樣。在那個世界的我和瀧川同學到底發生什麼事了呢？

「我認識的曆都自稱本大爺。移動了85個世界，果然變化很大啊！」

高中入學時，我曾經下定決心從今以後要自稱「本大爺」。剛開始我還在努力交朋友，所以刻意自稱「本大爺」，但是最後又像以前一樣被孤立，後來就完全改回「我」了。

在第85號世界的我，該不會真的成功交到朋友了吧？那個世界的我自稱「本大爺」，而且朋友也會叫我的名字嗎？

「請問，在瀧川同學的0世界裡，我和妳是朋友嗎？」

瀧川同學聽到我的問題，皺了一下眉頭。雖然很難讀懂她的表情變化，但我覺得她大概不太高興。

瀧川同學避開我的視線，小聲地說：

「我們，其實是情侶。」

「……」

瀧川同學現在在說什麼？

針對「我和瀧川同學是朋友嗎？」這個問題，她的回答是「情侶」嗎？

情侶？情侶是什麼意思……？

「……咦？情侶，是指我和瀧川同學嗎？那個，情侶是指、指男朋友和女朋友的情侶？」

我在無比混亂的情況下回問這些問題之後，瀧川同學細長的眼睛瞇得更細而且瞪著我。看起來雖然很有魄力，但是仔細一看就會發現她耳朵通紅，所以不怎麼可怕。

「你好像怪怪的。和我認識的曆完全不一樣。」

「就算妳這樣說，我也……那個世界的我是什麼樣的人呢？」

「比你更有男子氣概。」

雖然我也不覺得自己有男子氣概，不過從其他人的嘴裡直接說出來，還是有點受傷。

「……我剛才也說過了，相隔85個世界的話，個性不同應該也很正常吧？畢竟我和瀧川同學在這個世界根本不可能是……那種關係啊！」

「那我們在這個世界是什麼關係？」

「連話都沒講過。昨天是妳第一次和我說話。」

「那你一定嚇了一跳。」

「嚇了很大一跳啊！妳明明就有戴著ＩＰ裝置，怎麼不好好確認？」

「我沒想過會跳到第85號世界那麼遠啊！我經常移動到1或2的世界，而且也沒什麼太大不同，所以平常也沒有確認的習慣。」

瀧川同學的說法，我也不是不能理解。

這幾年虛質科學進步飛快，電視、網路幾乎天天報導虛質科學相關的新發現與學說。因此，就連一般社會人士和學生，都對平行世界有基本的概念。

這個世界上存在許多平行世界。這些世界互相交疊，一直保持晃動的狀態。因此，所有人類在日常生活中，經常會往來於1或2的平行世界。只不過由於鄰近的平行世界與原本的世界幾乎沒什麼不同，所以人不會發現自己曾經移動到平行世界。

假設你在0世界中把橡皮擦收進書桌最上層的抽屜裡。

當你想用橡皮擦而拉開抽屜時，不知道為什麼橡皮擦卻不在抽屜裡。

咦？好奇怪，我明明就放在這裡……正當你這麼想並拉開第二個抽屜時，橡皮擦就出現了。

雖然覺得很奇怪，但還是繼續用那塊橡皮擦……

這是因為你在收起橡皮擦之後，移動到鄰近的平行世界。那是你把橡皮擦收進第二層抽屜的世界。

這種平行世界之間的移動稱為「平行跳躍」。現在普遍認為這可能是誤會或健忘的主要成因。

如果是這種程度的移動，對日常生活並不會造成阻礙，但若移動到遙遠的平行世界就會出現大幅度的記憶落差，讓人感覺宛如進入異世界。然而，這種遠距離的平行跳躍發生的可能性非常低，大多數的人都會在感受不到平行世界的情況下結束一生。

不知道是幸還是不幸，我過去曾經經歷過一次「遠距離的平行跳躍」。爺爺過世的時候，我跳躍到爺爺還活著的世界。當時，隔天早上我就平安回到原來的世界，但那到底是離0世界多遠的平行世界呢？

因為有過那次經驗，所以我馬上就相信了瀧川同學說的話。

「總之，我了解來龍去脈了。希望妳能平安回到原來的世界。」

「嗯。」

沉默。

瀧川同學再度吸著吸管，我也大口喝光薑汁汽水。我最喜歡冰塊溶解、碳酸氣體變弱的口感了。

玻璃杯都空了，瀧川同學也沒打算再開口說話。

其實，我有一件事情很想問她。

那就是——在第85號世界的我，到底是怎麼開始和瀧川同學交往的？

瀧川同學是個美女，但我一直認為她既冷漠又陰沉，剛才看她紅著耳朵說我們是情侶，不禁讓我覺得她很可愛。畢竟我也是健全的高中男生，如果在不同的世界裡能和瀧川同學交往，那不就表示在這個世界的我也有機會嗎？

不過，我還真沒那個臉問這種問題。

「那，我先走了。」

我拿著包包站起身。我已經知道昨天瀧川同學怪異行徑的原因了，她也已經向我道歉。既然如此，事情就到這裡告一段落了吧！瀧川同學大概這陣子就會回到自己的世界，我們之間的關係也會回到原樣。這只是一場小小的意外罷了。

我將手搭在門把上，打算開門。

「等等。」

後面傳來微弱的聲音。

那個聲音和我轉門把的聲音重疊在一起。明確地說，沉重的門把聲比她的聲音大多了。

我想那一定是瀧川同學在表達「當作沒聽到也沒關係」。但是我仍然停手，再度關上包廂大門。

那就老實說吧！

其實我還不想結束這場意外。

「怎麼了？」

我慢慢回頭。瀧川同學沒有看我，只是低頭咬著空玻璃杯裡的吸管。

「你也算是高崎曆對吧？」

什麼算是，對我而言我才是高崎曆啊！

「嗯，我是高崎曆。」

「那，你應該懂曆在想什麼吧？」

「……如果是我的想法，我應該知道。」

「你是高崎曆吧？」

「嗯……算是吧！」

連我自己也說出「算是」了。真是沒出息。

「那你告訴我吧！我搞不懂曆到底在想什麼。這樣下去，我們之間的距離會越來越遠，說不定會就這樣分手……」

真是不可思議的諮詢內容啊！

平行世界的女朋友和平行世界裡的我處不好。我該怎麼辦？

這種事情我該給什麼建議？這個世界的我從來沒交過女朋友啊！

「我和他之間最近經常意見不合，氣氛有時候甚至像是在吵架。」

「那個，等等，等一下。」

雖然很丟臉，不過我曾經在網路上讀過戀愛指南的文章。我並不是刻意找這些文章來讀，只是偶然看到又點錯畫面，再加上剛好閒得要命就順便看了一下。那篇文章裡有寫女孩子在說話的時候絕對不能插嘴。不過，這種時候應該可以不用在意那些小事吧？畢竟對方交往的對象是我本人啊！

「幹嘛？」

「不是，我想確認一下。妳是瀧川和音同學對吧？」

「是啊！」

「高中一年級嗎？」

「對。」

「我的世界現在是七月，高中生活才過三個月。妳的世界呢？」

「全都一樣啊！平行跳躍時，時間不會移動。你不知道嗎？」

「我知道。該不會在妳的世界裡，我和瀧川同學就讀同一所國小或國中吧？」

「不是。」

「那我們是上高中才認識的？」

「對。」

我想確認的事情都確認完了。但是，從這裡導出的結論令我完全無法理解。不對，我可以理解但是無法接受。應該是說不想接受。畢竟，這就代表：

「妳和我認識三個月就成為情侶，而且最近交往情況不太好，可能會分手？」

「正確時間是認識兩個月喔！我們是從五月開始交往的。」

瀧川同學理所當然似地回答。高中生之間的戀愛，是這樣沒錯嗎？還是只有我覺得不對勁？

「那個，我可以問一下，妳為什麼會和我交往嗎？」

我還是問了。一方面是在這樣的狀況下問這個問題很自然，而且第85號平行世界實在是太像異世界，讓我覺得問什麼都無所謂了。

「我不知道這個世界怎麼樣。不過開學之後，班上同學為了培養感情，曾經一起去唱歌。」

「咦？我們班嗎？」

「嗯。」

「怎麼可能……」

「當然不是全班都參加，不過大概有一半的人來吧！我和曆也都參加了。不過，那天大家玩到很晚，也有人開始喝起酒來。然後，我因為不想被捲入麻煩事，一個人偷偷先溜了。」

沒有指責同學，但也沒有加入喝酒的行列。這應該是最聰明的應對辦法了。

「我在鬧區一個人走回家，馬上就被怪人纏住了。」

「怪人？」

「那個人穿著髒兮兮的衣服，明明天色很暗還戴著太陽眼鏡。我搞不清楚他想幹什麼，但是他一直問我要不要買東西。因為實在太纏人了，我一直當作沒看到。結果，那個人突然抓住我的手臂，想把我拖進巷子裡。」

「那還真可怕啊！」

這種鄉下地方也會有危險的人啊！我就像是在看電視節目一樣，事不關己地回應瀧川同學的遭遇。

「當時出手救我的人就是曆。」

「……咦？」

我有一瞬間無法理解，「曆」是什麼意思。

「正當我想大喊的時候，曆就跳進巷子裡。一腳踢飛那個怪人，握著我的手跑出去。我們一直跑到人潮多的騎樓，稍微冷靜下來之後……我才發現救我的人是曆。我問曆怎麼會在這裡？結果曆說發現我從包廂溜出來，想說天色已晚而且夜路危險應該要送我回家，所以才追上來。曆還笑著說：真是來對了。」

「妳說，誰？」

「高崎曆。」

「一定是騙人的……」

就算是相隔85個世界，我也絕對不可能變成這麼帥氣的男子。如果有這種可能的話，我現在這樣也太慘了吧？所以一定是騙人的，拜託告訴我這是謊言。

「我沒有騙你啊。」

她堅持沒有說謊……

「那大概是四月底的事情。然後，五月初就告白了。我說我想和你交往。」

「瀧川同學嗎？」

「嗯。」

「和誰告白？」

「曆。」

我知道了。那已經不是平行世界了。是異世界，不，是異次元才對。

「曆馬上點頭答應。不過……」

瀧川同學的聲音突然變得低沉。我一看，發現剛才本來開心描述男朋友英雄事蹟的表情，瞬間變得很沮喪。

對了，我想起來了。在這種偶像劇般的情節下開始交往的兩個人，現在進展並不順利。為什麼呢？大概是高崎曆這名男子開始露出真面目了吧！拯救瀧川同學只是碰巧，開始交往之後瀧川同學一定漸漸發現他沒出息的本性。那才是真正的高崎曆。我覺得非常的悲哀。

「妳剛才說最近不太順利。為什麼？」

我想問，但也不想問。但是如果我不問，話題就無法繼續。

「……曆也會和其他的女生一起玩。我問他為什麼這樣，但是他回答我：有女朋友就不能和朋友一起玩很奇怪。」

我不想聽，那傢伙到底是誰啊？

「我說至少不要單獨兩個人玩在一起，但是曆堅持他沒有外遇。曆說他都會明確告訴對方正在和我交往，然後才和對方一起玩，而且和誰出去玩也會告訴我。我不懂這是什麼意思……他如果瞞著我，我還比較能理解。」

嗯，的確是搞不懂究竟什麼意思。

「我說啊，你是高崎曆對吧！」

「……是沒錯。」

「那你告訴我，曆到底在想什麼？」

我也想知道。

我現在唯一能依靠的，只有當初偶然在網路上看到又點錯畫面，再加上剛好閒得要命就順便讀完的〈戀愛指南女性篇——外遇男人的真面目〉。

「怎麼說呢……無論多喜歡咖哩，每天吃咖哩也會膩啊……偶爾也會想換換口味……但是最喜歡的還是咖哩，所以最後一定會選擇咖哩，而且堅持等待就是女性的強項啊！」

「平庸。」

她乾淨俐落打斷我說話的冰冷眼神，讓我不禁心想：啊，這個人果然是瀧川同學啊！另一個世界的「曆」就是我，這件事令人難以置信，眼前為戀情苦惱的女孩也一樣讓人難以相信她真的是瀧川和音。

「不過……到頭來不就是這樣嗎？」

「咦？」

「你是說咖哩每天吃一定會膩？」

「啊——就和男生朋友一樣不是嗎？」

「什麼？」

我無法想像異次元的我到底在想什麼。但畢竟我也是高崎曆，所以我想我應該要稍微安慰一下瀧川同學。

「那個……聽妳這樣說，我想那個世界的我就算沒有交往對象，應該平常也會和女生朋友出去玩。就像和男生朋友一起玩一樣。瀧川同學以外的女生，應該都屬於同一個等級吧！因為瀧川同學是女朋友，呃，所以會想東想西，但是對其他女生沒別的心思，反而可以輕鬆地玩在一起，之類的。」

我拚命思考之後，只能想到這些答案。

「……高崎同學是這樣想的嗎？」

其實我根本沒有朋友，但這句話我說不出口。

「嗯，我的話，大概是這種感覺吧！」

「是喔……」

這就是所謂的權宜之計。究竟有沒有效果，我就不知道了。

瀧川同學的視線從我身上移開，一直保持沉默。但是我發現她盯著空玻璃杯的表情，稍微變得開朗一點了。

我也靜靜地坐著。如果這時候喇叭傳出戀愛歌曲就好了，可惜現在播的是演歌。不認識的老頭以嘶啞的嗓音，唱著有酒就夠了之類的歌。真羨慕大人啊！

「……你可以先走沒關係。」

那是瀧川同學的聲音。不知道為什麼，我還想和她待在一起。不過，我拋開這種念頭站起身。別搞錯了，這個女孩不是我的女朋友。

瀧川同學喜歡的高崎曆，不是我。

「那，我就先走了。」

「啊，你不用付錢。我會出。」

「這樣好嗎？」

「我家很有錢，零用錢也很多。」

「但那是這個世界的瀧川同學的錢吧？不要亂用比較好。」

「咦？啊，說得也是。會變成花她的錢啊！」

瀧川同學睜大眼睛，一副「太大意了」的表情。好可愛！但我還是不要這樣想比較好，這樣只會助長不必要的誤會。

「瀧川同學呢？」

「我唱一下歌再回家。」

「咦，妳也會唱歌啊？」

「你在說什麼啊？我們一起唱過好幾次……啊！」

瀧川同學一副很抱歉的樣子低下頭。不露出這種表情也沒關係的，如果可以感受到她是不同世界的人，我就能回到自己原本的世界。

「……高崎同學要不要也來唱首歌？」

「不了，我要回家。再見。」

我再度轉動沉重的門把。

「高崎同學，謝謝你。」

我稍微停下腳步。

「因為可能不會再見面了，所以我想好好向你道謝。和你聊過之後我覺得比較舒坦了。謝謝你。」

我什麼都沒說，就這樣打開門走出包廂再把門關上。我想，這應該是我人生中最帥氣的一幕吧！

＊

拚盡全力耍帥道別後的翌日。

我和瀧川同學再度在相同的包廂面對面。

即便我上課時一直偷瞄瀧川同學，但始終分不出來她究竟是這個世界的瀧川同學，還是第85號世界的瀧川同學。雖然很在意她到底有沒有回到原本的世界，但我沒有勇氣開口問。結果在放學後打開鞋櫃時，發現裡頭又有瀧川同學的信。

儘管已經是第二次，但還是很緊張。我用免費的飲料潤潤喉，試著先打聲招呼。

「呃，妳好。」

「你好。」

我完全沒有任何感覺。話說回來，她到底是哪個瀧川同學？這個世界的瀧川同學嗎？還是第85號世界的瀧川同學？既然她用同樣的方法約我出來，應該是後者吧。

「妳是那個世界的瀧川同學，對嗎？」

「對。」

「所以妳還沒回去啊。」

「平行跳躍的難度和平行世界之間的距離等比例啊！距離85個世界的話，應該不是一、兩天就能回得去吧。」

她的語氣好像一開始就知道這件事，讓我心生疑問。

「妳本來就知道這件事嗎？」

「知道啊，怎麼了嗎？」

「那妳昨天為什麼說不會再見面？」
「我是說『可能』不會再見面吧？」
「……是沒錯。」
「希望你不要因此感到不愉快。可能不會再見面是真的，畢竟我是第一次出現這種情況，所以自己也不知道什麼時候會回去，我只是覺得應該沒那麼快而已。」
她一一義正詞嚴地辯駁，讓我覺得這些事都無所謂了。說實話，我很高興還能再見到她。
「但是，妳為什麼又約我出來？」
「因為我在這個世界可以一起玩的人只有高崎同學啊！」
我吃了一驚。
「一起玩？不是找我聊平行世界的事嗎？」
「平行世界的事？高崎同學，你很了解虛質科學嗎？」
其實也沒什麼好隱瞞的，畢竟我爸爸在虛質科學研究所算是重要人物。爸爸偶爾會告訴我一些相關知識，所以我應該比一般高中生更熟悉一點。

「嗯，算是略懂。」

我還是照以往的壞習慣過度謙虛了。不過，平常的我應該會用「我不太懂」這種說法，這次我選擇說「算是略懂」，是因為我覺得以瀧川同學的聰明才智，這樣回答會比較好。

「略懂……那我們來玩虛質科學猜謎。」

她突然開始某種遊戲。

「第一題，ＩＰ裝置的ＩＰ是什麼的簡稱？」

「呃……Imaginary Print。」

「不算對也不算錯。你漏了Elements。虛質空間可以比喻成什麼？」

「大海？」

「答對。第三題，虛質科學界最高權威的女性教授叫什麼名字？」

「咦？我不知道。」

「答錯。正確答案是佐藤絃子。第四題……」

這天她出了很多和虛質科學相關的題目。我的知識量好像很合她的意，所以問題越出越冷門，而且我也覺得滿有趣的。

後來我還是先回家，只是沒有像昨天一樣耍帥了。畢竟如果又再見面，耍帥就太丟臉了。

話說不知道什麼時候才能回到原本的世界這個問題，就結論而言，過了大約一個禮拜，她依然是第85號世界的瀧川同學。

剛開始我們很樂觀地認為總有一天會回去。瀧川同學每天都約我到卡拉ＯＫ見面，一起聊平行世界和虛質科學。

既然她擔任ＩＰ裝置的監測員，我心想或許瀧川同學的爸爸也從事虛質科學的研究。一問之下，發現是和爸爸同一個研究所的研究員。我們彼此聊著從父母那裡聽來的知識以及平行世界的各種話題，真的很開心。我從沒想過自己有一天能和同學聊這些事情。

在我們聊天的過程中，我發現瀧川同學真的是一個十分聰明的人，而且她不只是考試的分數好而已。我說話的時候，經常無意識地省略自己已經理解的部分，所以常常會被其他人指責：「你說明得不夠仔細！」我第一次遇到能夠和我步調相同又談得來的同學。

我和瀧川同學之間的距離能夠大幅縮短，最大的契機應該是稱呼方式的改變。

某次我們在聊平行世界話題的時候，因為某段對話讓我改變稱呼瀧川同學的方式。

「原來如此……也就是說，那個世界的瀧川同學……」

「暫停。」

「咦？」

「一直說『那個世界的瀧川同學』，聽了很煩。」

瀧川同學直言不諱。

我也不是因為喜歡才這樣稱呼她。不過既然是在談平行世界，區分哪個世界的人物當然非常重要。如果兩者都稱呼「瀧川同學」就會變得很混亂。

「那要怎麼辦？用編號稱呼嗎？」

「那更討人厭。單純用姓氏和名字區分不就好了。」

「咦？」

「這個世界就是高崎同學和瀧川同學。我的世界就是曆與和音。這樣和實際上的稱呼一樣，很容易分辨。」

「我可以叫妳和音嗎？」

「可以啊，我沒差。」

就這樣，我稱呼第85號世界的自己為「曆」，稱呼第85號世界的瀧川同學「和音」。相對地和音稱呼我為「高崎同學」，直接稱呼這個世界的自己為「瀧川同學」。女同學直接叫我的名字，怎麼說呢？感覺很不好意思。

我們不只談論正經的話題，偶爾也會單純唱歌。令人意外的是瀧川同學——不對，和音非常會唱歌，而且還會毫不留情地批評不擅長唱歌的我並且給我建議，而我也會稍微回嘴。不知不覺間我與和音之間的相處變得非常融洽。某天，得意忘形的我，竟然大膽地問了這種問題。

「那和音妳啊，能和不是曆的我交往嗎？」

我不太記得前後的對話了，我想當時應該是在聊如果就這樣無法回到原本的世界該怎麼辦之類的話題。我很努力輕描淡寫地問，試圖營造出只是開玩笑、絕對不會被當真的感覺。這份苦心不知道能否奏效……但我想大概沒什麼用吧！因為和音的表情瞬間變得很正經。

「……其實，我不喜歡高崎同學這樣的男生耶。」

「對吧，所以說……」

我抱著「早就知道她會這樣說、以知道答案為前提問這個問題」的態度馬上接話。如果露出受傷的表情就輸了。

然而，和音還是技高一籌。

「但是，畢竟我很喜歡『曆』……隔著85個世界的話，這裡的我也可能會喜歡『高崎同學』。如果你有那個意思的話，就好好加油吧！」

被她這麼一說，我倒是啞口無言了。

她的意思是說，如果不是和音而是瀧川同學的話，我就有機會嗎？

不過，我這個時候才突然發現一件事。

話說回來，我與和音聊了這麼多，卻從來沒有和瀧川同學說過一句話啊！

不是和音的瀧川同學，到底是什麼樣的女孩呢？

＊

過了一個週末，迎來星期一。

我本來以為她早就回到原本的世界了，但是和音還是和音。

「今天是第幾天啊？」

「剛好一個禮拜了。」

我們在平常見面的包廂面對面，她向我報告現況。剛開始樂觀認為很快就能回去的我們，漸漸開始覺得不安。

「我假裝不經意地問了這個世界的爸爸，有關遠距離跳躍的事情。」

「那他怎麼說？」

「目前學界認為是很罕見的情況，而且沒有明確的臨床案例，所以他也不知道詳情。」

「這樣啊。」

「雖然是還沒有公開的假說，但是年齡越大可能會移動到越遠的世界。學界好像認為這可能是失智症的成因。不過，就算是這樣……」

「這和還是高中生的和音沒有關係吧。」

「我也希望是這樣。」

結果，我們還是不知道該怎麼辦。

「我有想到一個方法，就是把實情告訴爸爸，然後請他在研究所幫妳診斷看看，妳覺得如何？」

和音似乎沒有把自己遠距離平行跳躍的事情說給我以外的人聽。雖然我覺得她身為ＩＰ裝置監測員，應該有義務馬上回報才對。

「我考慮把這個方法當作最後手段。但是，如此一來我一定會變成白老鼠。可以的話，除了高崎同學以外，我想在大家都不知道的情況下自然地回到原本的世界。」

她這樣一說，我也很難再堅持下去，我了解她不想被當作實驗動物的心情，而且「除了高崎同學以外」這句話，也讓我有點開心。

「今天回家之後，我也會問問我爸爸。他在研究所裡也算是重要人物，或許能獲得一些新資訊。」

「拜託你了。什麼都好，我希望能有點線索。」

這天我們沒心情唱歌，在沉悶的氣氛下道別。我一回家，馬上就打電話給爸爸。爸爸的上班和休假時間都不固定，我只能賭賭看他會不會接電話。不過，我今天似乎很走運。

「喂。」

「是爸爸嗎？我是曆。」

「啊，怎麼了？」

我和爸爸不需要閒聊，所以直接開門見山地問了問題。

「我有個疑問，人能不能刻意移動到任何一個平行世界？」

每部談論到平行世界的作品，一定都會有特定的手法。像是需要大規模設備或把自己關在暗處閉上眼睛祈禱之類的簡單方法，既然平行世界真實存在，那麼這些方法也應該存在才對。只要有一種方法奏效，就可以讓和音回到原本的世界了。

而且，我其實已經想到其中一種方法了。

大約在五年前，突然跳躍到爺爺還沒死的世界時，曾經我移動到研究所內某個房間的謎樣盒子裡。

現在回想起來，那不就是為了移動到平行世界而製作的裝置嗎？

當時的事情我沒有告訴爸爸，所以沒辦法逼問他，但是如果我想得沒錯，爸爸應該會告訴我一些資訊。

然而，爸爸的回答不太明確。

「……目前認為理論上有可能。實際上我們研究所也正在研究中。不過現在技術尚未確立，要做到操控自如大概還需要十年的時間。」

十年，再怎麼說也等不了這麼久。不過，從爸爸的回答就可以知道，那個盒子的確就是移動裝置。

隔天，我在上學的路上，心想至少可以先告訴和音理論上有可能實現。結果偶然在上學途中，看見和音的背影。我確認周圍，幸好沒有同班同學，所以我便追上她，從後方打了聲招呼。

「和音，早安。」

和音聽到我向她打招呼之後，猛地一回頭，一副很害怕的樣子後退了幾步。看到這個反應我就已經充分了解了。

和音——不，瀧川同學慌慌張張地看著自己手腕上的ＩＰ裝置。從我這個角度雖然看不到，不過數字應該是０００或００１等較小的數字。至少，我確定不會是０８５。

因為和音已經回到原本的世界了。

瀧川同學沒有回話，就這樣跑向學校。

移動到平行世界時，原本世界的自己會和平行世界的自己交換。也就是說，瀧川同學這一週都在第85號世界和「曆」一起度過。

瀧川同學和曆都聊了些什麼呢？

她現在對我又是什麼想法呢？

我沒有這麼成熟，沒辦法什麼都不問就結束這一切。

＊

三天後，我在平常見面的包廂等待瀧川同學。

雖然我想馬上就和她說話，但是無論如何都提不起勇氣去約不是和音的瀧川同學，光是在鞋櫃裡放一封信就花了三天的時間。在紙上寫字並放進鞋櫃的行為，對心臟造成超乎想像的負擔。要是用社群軟體和瀧川同學聯絡，就不會這麼焦心了。早知道就先向和音要帳號——不對，這裡和那裡的ＩＤ應該不一樣吧！她真的會來嗎？我一點一點地慢慢喝著薑汁汽水，靜靜等待瀧川同學。眼前的玻璃杯已經空了。我已經告訴店員，之後還有一個人要過來，如果她沒來我真的會很丟臉。店員大概也已經認得我，一定會覺得是我被甩了吧！

……不過，仔細想想女生約男生到包廂，男生或許會欣然赴約，但是角色相反的話就很難了吧？

正當我東想西想的時候，隔音門的把手伴隨著沉重的聲音轉動起來。

「……」

「妳好，瀧川同學。」

「您有什麼事嗎？」

瀧川同學眼神冰冷，而且還用敬語。這就是我原本世界裡的瀧川和音吧？不就和我想像得一樣嗎？無論如何她的身影還是與和音重疊在一起，我無法擺脫那份不協調的感覺。

「總之先坐吧！啊，這裡飲料免費，妳要不要去拿點什麼來喝？」

「不，不用了，就在這裡說吧！」

瀧川同學一直站在入口，雖然門關上了，但隔音用的把手卻沒有鎖上，明顯是在防著我。這樣看來，她是不是和那個世界的「曆」處得不好？我想她應該不至於完全沒有和曆接觸過才對。

裝模作樣也無濟於事，我決定直接把話說開。「稍早之前，大約一週以前，妳移動到第85號平行世界了吧？」

「……對。」

「妳在那個世界見到我了嗎？」

「是。」

「這樣啊。」

她很意外地對我坦承。那接下來該怎麼辦呢？「那個世界的我是什麼樣的人？」這種問法是不是很白癡？啊，不過沒朋友的我已經很順利地和瀧川同學搭話了。這或許也是和音的功勞。

「那個……」

「咦？」

在我有點逃避現實陷入沉思的時候，瀧川同學意外地向我搭話。

「你有見到嗎？那個世界的我。」

瀧川同學避開我的視線，語帶躊躇地問我。瀧川同學果然也很好奇。這也很正常啊！說不定她聽曆描述和音的性格之後，也產生和我一樣的想法。

「嗯，我們每天都在這裡，聊很多事情。」

「很多事情？」

「平行世界、虛質科學之類的事情。也會一起唱歌，再來就是……聊最近曆跟和音相處不順利的事。」
「和音？」
「啊……對、對不起。因為她說每次都用『那個世界的瀧川同學』稱呼，聽了很煩，所以允許我叫她和音。如果妳不喜歡，那我就不這樣叫了。」
「……不，沒關係。」
瀧川同學輕輕嘆了一口氣，終於在我面前坐下，但門把依然沒鎖。
「……那個……她是什麼樣的人？」
「咦？」
「那位……和音。」
瀧川同學果然還是不願意正眼看我。不過，她想的事情一定和我一樣。
雖然我也很在意瀧川同學和曆聊了些什麼，但還是由我先開口吧！
「和音她啊，簡單來說，感覺是……」
我腦中鮮明地出現和音的樣貌、聲音以及她說過的話。明明只是短短一週，而且兩人單獨相處的時間也不過一天一個小時左右，對我來說已經變成非常重要的回憶了。

啊，我該不會對和音——

「她很聰明，個性意外地開朗，偶爾有點壞心眼……而且，我喜歡上她了。」

「……喜歡……」

瀧川同學原本就低著頭，現在又更低了。她劉海下的眼鏡後面，究竟是什麼樣的眼神，又在想些什麼呢？

對我而言，第85號世界的和音比這個世界的瀧川同學離我更近。

但是，存在這個世界的人不是和音，而是瀧川同學。

「……我說啊……」

我下定決心要說出口。

「這絕對不是因為我們在那個世界是情侶關係喔！」

我覺得心臟快要從嘴裡跳出來了。寫那封邀約信以及把信放進鞋櫃時的緊張感，絕對無法和這句話比擬。我今天就是為了要說這句話才約瀧川同學出來的。

瀧川同學一句話也沒回，只是一直低著頭，等我繼續說下去。然而，我卻遲遲擠不出最後的勇氣。果然，我還是沒辦法像曆一樣吧！

此時，我突然想起和音的話。

「如果你有那個意思的話，就好好加油吧！」

沒錯，加油，我要加油。

接著我終於擠出那句話了。

「那個……妳能和我當……朋友嗎？」

說出來了。

我竟然說出來了。

全身大汗淋漓，臉突然變得好燙。說喜歡還是討厭都還太早，更不用說交往了。先從朋友開始……光是說這句話而已，心臟竟然就已經跳得這麼快。

瀧川同學怎麼想呢？就算我偷瞄她，她也只是低著頭，看不出任何表情或想法。

「朋、友。」

她低著頭，只回了這一句。

她果然還是沒辦法接受嗎？像我這樣的傢伙，連朋友也當不成嗎？和音明明說如果相隔85個世界的話或許有可能啊！不行了。我緊張到快要爆炸了。我抱著快要哭出來的心情，看著靜默的瀧川同學。

「……呵……」

她的頭和肩膀，開始一點一點地震動。

「呵呵……呵呵呵……啊哈，啊哈哈哈哈！我不行了，啊哈哈哈哈哈哈哈！」

她開始張嘴大笑。

「高、高崎同學……你說做朋友？原來是做朋友啊！」

「什、什麼？」

我無法理解現在是什麼情形。就連和音都沒有這樣失態大笑過，難道瀧川同學其實是這種個性的人嗎？

「瀧、瀧川同學？」

「啊哈、啊哈哈……你看，你看這個。」

瀧川同學一邊笑著一邊給我看她手腕上的ＩＰ裝置。液晶螢幕上顯示的數字是……０８５。

「……咦？和、和音？」

瀧川同學看著已經了解狀況的我，再度大笑出聲。瀧川同學……不、不對，和音，她是和音！三天前的早上，她假裝自己已經回到原本的世界，欺騙了我！

「妳、妳騙我？妳回到原本的世界，我本來還替妳高興耶！」

以為妳一句話也沒說就消失的時候，我有多寂寞啊！但是，這種話實在太沒出息，所以我說不出口。

「我、我說你啊……為什麼花了三天的時間啊？你該不會是為了說『請和我當朋友』這句話煩惱了三天吧？」

她說得沒錯，所以我無法反駁。

「啊哈、啊哈哈……我不行了，好難受……肚子好痛……」

和音一手抱著肚子一手伸向我的玻璃杯，把所剩不多的薑汁汽水一口氣喝完。平時我一定會想著這該不會是間接接吻之類的事，然後整個人因此變得亢奮，但是現在的我根本沒有心情在意這種事。我搶回玻璃杯，把杯中剩下的冰塊倒進嘴裡全部咬碎。臉頰的溫度因此稍微降低了一些。

現在大腦一片混亂，總之為了避免被她發現我的心情（雖然可能沒什麼效果），我先努力假裝鎮定開口說：

「不過，這就表示妳還沒回到原來的世界吧？真令人擔心耶。」

「啊……我說高崎同學啊！你看，你看看這個。」

和音再度給我看她手腕上的ＩＰ裝置。騙到我真的有這麼開心嗎？

「我知道了啦！我上當了。整人大作戰成功！這樣可以了嗎？」

「不是啦！」

和音笑意未消，把手伸向裝置上的液晶螢幕。

然後……

她用指尖把顯示數位數字０８５的液晶畫面，整片撕下來。

「數位數字的貼紙，看起來很逼真吧！」

「……咦？」

貼紙撕下來之後，真正的畫面顯示為０００。

我腦袋一片空白。我搞不懂。冷靜下來思考的話，答案其實很簡單，但是

我的大腦不打算理解這件事。

「一開始在這裡談的時候，高崎同學不是問我為什麼沒有好好確認裝置上

的數字嗎？你還記得我怎麼回答的嗎？」

「……妳說因為經常移動到１、２的世界，而且沒什麼改變，所以就變得不常確認數字了……」

她當時的確這樣說。

「我說啊，這個裝置是因為我當監測員所以才借給我的喔！所以有義務每天確認並且回報。既然如此，我怎麼可能會忘記？」

「……也就是說？」

「也就是說啊……」

此時和音露出目前為止最得意洋洋的表情，把真相告訴我。

「我打從一開始就沒有移動到平行世界。我一直是這個世界的瀧川和音。根本就沒有第85號世界的『和音』啊！」

說得……也是喔！答案就是這樣，如此簡單。

在那個世界叫我曆、看著裝置嚇了一跳、在那個世界和曆是情侶、最近和曆感情不順……

全部、全部都是騙人的。原來都是和音的演技。

但是，她為什麼要這麼做？我不明白為什麼。

「妳為什麼要這麼做？」

我好不容易才終於問出這個問題。我混亂到連生氣都氣不起來。如果和音一直都是我的世界的瀧川同學，那我們的確從來沒有說過一句話。既然如此，為什麼要對我做這種事？

和音臉上的笑容消失，用一句話回答她的犯罪動機。

「報仇。」

「報仇？」

「對，因為我被高崎同學騙了，所以我要報仇。」

「……我完全搞不清楚是怎麼回事。」

我可以發誓，真的不知道怎麼回事。我雖然是個沒用的傢伙，但是從來沒有欺騙過別人……我是真心這麼想，所以和音接下來說的這個單字，我也沒辦法馬上意會。

「新生代表。」

「咦？」

「你拒絕了吧！」

「咦……妳怎麼會知道……」

「開學典禮前，學校打電話來說希望我擔任新生代表，當時我很高興。我以為自己第一名考上縣內最難考的高中，還得意洋洋地告訴父母，父母也一直誇獎我。所以，我志得意滿地接下新生代表的工作。」

——啊啊。

我終於懂了。

「我一直到開學後才知道不是這麼一回事。偶然在教職員室聽到老師說第一名考上的同學拒絕，幸好有我幫忙。我告訴老師自己有權利知道誰是第一名，硬是逼問出名字，結果那個人就是你。」

這樣啊！原來是這麼回事啊？

「你知道我有多不甘心、多難堪嗎？當時我就下定決心，定期考試一定要贏你。結果，你不知道在想什麼，竟然故意考差。」

「竟然被妳發現了。」

「97分、89分、83分、79分、73分……全部都是質數啊！也太明顯了吧！」

「下次我會換成別的規則。」

「總之，我連堂堂正正贏你的機會都沒有。所以我就想到這個方法。徹底把你騙倒，然後恥笑你。」

「……妳還真是個怪人耶。」

「你還有臉說我。」

聽完她的說法，我也只能認了。

原本以為自己是憑實力獲得新生代表的寶座，結果其實是因為第一名拒絕才輪到她。本來想透過考試決勝負，但最關鍵的那個考第一名的傢伙竟然用質數玩弄分數。

嗯，這都是我的錯。

不過，瀧川和音這個女孩，只是為了報仇就想出這麼異想天開的整人計畫，還花了約十天的時間，以女演員都相形見絀的精湛演技徹底騙過我。

啊，嗯。

我果然還是……

「和音。」

「幹嘛？」

「我……請和我交往。」

和音輕笑了一聲。

「才不要。」

「……」

「我喜歡的曆，比你更有男人味，是一個當我被壞人拉進巷子裡時，會趕來救我、飛踢那些壞蛋的人。」

「……」

「所以，我不喜歡高崎同學。」

＊

嗯，事情就是這樣。

我有生以來的第一次告白，就這樣吞下敗仗。

這就是我高崎曆與瀧川和音——不……

是和我最愛的妻子——高崎和音的相遇。

中場休息

因為與和音相遇，我的人生慢慢出現改變。

首先，我開始認真讀書。除了定期考試以外，每週的小考也無一例外。以前都是和音穩拿第一名，之後我就把她擠下來了。雖然有時候會兩個人都滿分打成平手，但是直到高中畢業為止我一次都沒有輸過。

和音是那種為了贏對手而不擇手段的類型，甚至還會來叫我教她功課。下課之後馬上來找我確認有疑問的地方，考卷發回來當天的午休也一直在互相討論感想。雖然剝奪了我的讀書時間，但其實對別人說明自己已經理解的事情是我的致命弱點，這些討論反而是很好的練習機會。

而且，能與和音說話這件事也讓我很開心。所以就算被和音拒絕，我還是繼續喜歡她。

在那之後，事情的發展變得很有趣。班上同學認為我與和音休息時間的學習會是「成績最好的兩個人互相幫助，努力提升學業成績」。平時安於第三名以下、學歷至上主義的同學不久也放下身段，表示想要加入我們。
結果，學習會的圈子越來越大，我們A班的平均分數也越來越好。如此一來，原本礙於自尊心不來參加學習會的同學也覺得再這樣下去不行而加入，使得學習會的圈子變得更大，平均分數又再度提高。
雖說我們班是學歷至上主義，但畢竟還是高中生。大家一起合力拿出好成果每個人都很開心，不知不覺中A班的氣氛變得融洽。就像和音謊言中的世界一樣，考試結束之後有空的人會一起去唱歌，能稱為朋友的人也越來越多。
既然我們是高中生，就不可能總是聊課業，漸漸開始有人聊起娛樂或戀愛的話題。當然，也會有人這樣問我：
你到底跟瀧川同學是什麼關係啊？
和音基本上在學校還是維持寡言、冷酷的「瀧川同學」風格。對同學使用敬語，永遠保持適當距離。然而，和音唯獨對我的態度不那麼拘謹。我也是班上唯一一個不加稱謂只叫她名字的人。大家會有所猜測也是在所難免。
不過，這下我就頭痛了。畢竟我也不能因為這樣就把那件事告訴大家……
不，其實是我不想說。我想把那件事當成我與和音之間的回憶。

因此，我決定只坦承自己已經告白但是被甩的事實。

這件事對大家來說好像十分震撼。

從那之後直到畢業為止的兩年期間，雖然有些同學因為選課程的關係分到其他班級，但是我仍然在原本同班同學的全面支持下，在各種情況中總共告白五次。結果每次都失敗。畢業典禮時的告白，我還真的稍微期待了一下，但她還是像平常一樣笑著說「不要」，實在是冷酷無情。

就這樣，我與和音成了大學生。

＊

九州大學理學院虛質科學系。

全世界第一個設立虛質科學系的大學就是這裡。

九州被譽為虛質科學最前線。因為一開始提倡相對於物質的「虛質」概念，一手建構虛質科學這門學問的人，就是九大理學院物理學系的佐藤絃子這位女大生。這位女學生遠赴德國研究所留學，回到日本之後便以最快速度修完博士課程。之後她為了證實該學說，立刻在當地設立虛質科學研究所。我父親與和音的父親都是佐藤教授的同學，現在也是同一個研究所的研究員。

研究獲得回報是在約莫十年之後。剛好在我十歲那年佐藤教授再度赴德國，並且在學會上以虛質科學證實平行世界的存在。那次的發表引發空前論戰，世界各地的學者和研究機關為了確認或否定該論點而團結合作，結果，短短三年之內世界各地的研究機構便承認了平行世界的存在，虛質科學也成為一門學問。

翌年，九州大學正式設立理學院虛質科學系。聘用佐藤教授等虛質科學研究所的所員為講師，提供最先進的課程。

我與和音也為了學習虛質科學的知識而進入該學系就讀。我們理所當然地獲得兩個推薦名額，通過面試順利合格，離開故鄉大分縣各自在福岡開始一個人住的生活。當時我也嘗試過第六次告白，問她既然如此要不要乾脆一起住，但是她以想試試看一個人住為理由拒絕。這世界上還有像我這樣被同一名女性連續拒絕六次的男人嗎？

其實，這個時候我已經想開了，決定一直告白到和音點頭和我交往為止。

然而，大學一年級剛入夏時發生一件事。

和音放假時來我家玩，聊天聊到一半丟出一顆驚人的炸彈。

「啊，對了。我有事想拜託高崎同學。」

「嗯，什麼事？」

是想要借錢嗎？我模模糊糊地回想錢包裡還有多少錢。

「你可以和我在一起嗎？」

……很好。先冷靜一下。

嗯，沒事，我不會上當。所謂的在一起，應該不是那個意思，而是指陪她去辦事情的那個一起。

「好啊，陪妳一起去買東西嗎？」

當時我說這句話，其實九成是認真的，只抱著一成的期待。

「不，不是那個意思。你要當我男朋友嗎？」

嗯，沒事，我不會上當。男朋友不是那個意思的男朋友，應該是同音異義詞的那個意思。也就是說，呃……

……這個女孩到底在說什麼啊？

我非常混亂。和音到底怎麼了？該不會又要整人了？我的疑惑多過高興，在回答ＯＫ之前反倒先皺起眉頭。

「為什麼？」

應該會有人指責我，竟然用幾乎可以說是最糟糕的方式回覆女生的告白。

然而，和音的回答也很過分。

「上大學之後，越來越多人來搭訕。因為實在太煩，所以想說交個男朋友好了。既然如此，那就湊合著選高崎同學吧！」

過程大概就是這樣。

有誰能了解我當時的心情呢？愛慕之心終於獲得回應的快樂、話雖如此這種說法也未免太過分的怒氣。兩種心情交雜的表情，如果有機會的話我還真想看一看。

總之我沒有馬上回答，還心想如果這時候拒絕，應該滿有趣的。

可是……

看到和音在高壓式的告白之後，移開視線低著頭，髮絲之間露出通紅的耳朵，就覺得她好可愛。

我已經完全原諒她了。

就這樣，我終於從「高崎同學」變成「曆」了。

＊

我與和音分分合合，度過了非常充實的大學生活。

四年之間我與和音一直保持優秀成績，學校也鼓勵我們進研究所。不過我們對碩士和博士的頭銜沒興趣，而且比起多花兩年、五年的時間讀書、培養人脈，更想盡早在現場做研究。因此，我與和音分別以第一名和第二名的成績畢業同時也回到大分縣。我們的實力與熱忱獲得認同，於是一起進入虛質科學研究所工作。

當時全世界已經即將進入ＩＰ裝置實用化並且廣為招募一般監測員的時代。我在成為大學生之後也開始佩戴ＩＰ裝置，實際感受到自己的確在日常生活中經常移動至平行世界。這種平行世界的移動，也就是平行跳躍，對一般人而言已經是理所當然的世界觀了。

當然還是有少部分的人無法接受這種原本只存在於虛構小說中的概念。然而，這個世界拋下這些人，無情地繼續變化。已經或努力接受這些改變的人們，則緩慢而確實地走向新世界。

那麼……

這個世界之中，理所當然地會遇到一個大哉問。

那就是——平行世界的自己，還是自己嗎？

第三章　青年期

一九七〇年代某寶石專賣店為了賣出高價商品，開始宣傳婚戒的行情約為三個月薪水。

當時，社會人士平均月薪約為十萬日圓。三個月份的薪水，表示行情大概是三十萬日圓左右。然而，現在的平均收入已經提高很多，如果以現在的月薪為基準，三個月份的價格真的非常高昂。然而，寶石的價格並沒有隨之增加，也就是說儘管月薪增加，婚戒也只要買三十萬日圓的商品即可。

如果我薪水很高的話，或許就能狠下心買價格較貴的戒指，不過很遺憾研究職的薪水並不高。我已經工作三年，雖然多少有一點加薪，但仍不是能肆意揮霍的人。

所以，我選擇按照行情，把預算定為三十萬日圓。

為防萬一，我在錢包裡放了五十萬現金（我不喜歡信用卡），來到人生第一次踏進的珠寶店。

櫥窗中滿是閃閃發亮令人炫目的寶石。雖然我覺得很美，但是如果問我會不會花幾十萬買回家，那答案是否定的。不過，婚戒就另當別論了。

「請問您要找什麼樣的商品呢？」

面帶微笑靠過來的是一位和我年齡相仿的女性店員。雖然我一向不喜歡讓店員干預自己購物，但是我實在不知道選擇結婚戒指的基準。所以我決定暫且觀察一下這位店員的人品，再判斷能不能靠她選擇戒指。

「我想看結婚戒指。」

「哇！恭喜您！請問對方大概幾歲呢？」

「啊，她二十五歲。」

「大約交往多久了呢？」

「大概……七年了吧！」

「這樣啊，那已經交往很長一段時間了呢！好棒……真羨慕您的女朋友。我也想早點收到結婚戒指呢！」

她說完之後露出靦腆的表情意外地天真可愛，所以我決定相信這位店員。她真的這麼單純嗎？這也可能是接待客人的標準流程之一，不過我也沒覺得不舒服，那就這樣吧！

「那個，我完全不知道要選什麼才好。」

「這樣啊。首先婚戒有成品、半成品和訂製品。成品價格最低，交貨速度也最快。半成品是客人能從幾種設計和材質當中自由挑選並組合而成。確定款式之後大約一個月才能交貨。最後是訂製品，可以完全按照客人的要求，製作全世界獨一無二的戒指。不過，需要二到三個月的時間才能交貨，價格也會比較貴。」

我不知道訂做戒指這麼花時間。怎麼辦，雖然我沒有急著求婚，但是等好幾個月感覺對心臟不太好。應該是說，一開始我就沒把訂製品列入選項當中。

「婚戒是不是不能選成品？」

「不是的，沒有這回事。來我們店裡選購婚戒的客人，嗯，大概有一半都會選成品喔！」

「啊，這樣啊！那我也選成品好了。我想馬上拿到戒指。」

「好的。請問您的預算是？」

「大約三十。稍微超過一點也沒關係。」

「我知道了。您知道女朋友的生日嗎？」

「生日？我記得是……三月二十五日。」

「三月。那就是海藍寶石了。」

「怎麼說？」

「大多數的客人會選擇鑽石做婚戒，不過也有人會選誕生石。三月的誕生石是海藍寶石……就是這種寶石。」

店員展示的寶石應該算是淺蔥色嗎？就像沖繩的大海一樣，鮮明的水藍色寶石。我覺得很符合和音的形象。

「寶石各自有其象徵的意義，譬如鑽石代表『純粹』、『清純』、『歡喜』……也有『永遠的羈絆』、『愛的誓約』等意義。這就是大家會選擇鑽戒當婚戒的原因。」

「原來如此……那海藍寶石呢？」

「海藍寶石代表『勇敢』、『聰明』、『沉著』……還有『幸福的婚姻』與『夫妻之愛』。這些也很適合呢！」

嗯，寓意很好啊！勇敢、聰明、沉著，這就是在說和音啊！我立刻就喜歡上這個海藍寶石了。

「那就選海藍寶石吧！」

「決定選海藍寶石嗎？非常感謝您。店裡沒有陳列的商品也可以調貨，我去拿目錄過來，請您坐在這裡稍等片刻。」

目送店員腳步輕盈地離開後，我淺坐在椅子上，大大地嘆了一口氣。都還沒把戒指交給和音，光是購買就已經讓我筋疲力盡。

不過，店員說明寶石的時候，眼神閃閃發亮。女孩子果然都是這樣嗎？就算不是自己的，光是挑選寶石也這麼開心？

如果是和音的話呢？仔細想想，目前為止我幾乎沒看過和音佩戴首飾。畢竟她沒有穿耳洞，我想大概只擁有一些髮飾吧！

她會喜歡這枚戒指嗎？她會收下嗎？

一想到要把戒指交給和音，我就緊張到胸悶。

……求婚的時候，要說什麼呢？

＊

拿到婚戒幾天後，我作好心理準備才約和音見面。

地點是老地方的卡拉ＯＫ包廂。以一般情況來說，這裡或許不是個求婚的好地方。不過，我覺得如果要向和音求婚，這個地點最適合。因為，我是在這裡愛上和音的。

我喝薑汁汽水，和音喝紅茶。我們奇妙地喝著和第一次來這裡時一樣的飲料，和音一邊操作卡拉ＯＫ的機器一邊問第一首歌要唱什麼。我什麼也沒說就把戒指盒放在她面前然後打開盒蓋，毫無鋪陳就直接說：

「我們結婚吧！」

光是說這句話就耗盡全力了。

其實我還想了很多細節。原本想好唱著學生時代流行的歌曲，不著痕跡地聊起回憶，然後告訴她：雖然發生了事情但我們仍然一直在一起，希望從今以後也能永遠相守。我腦海裡明明就重複跑了好幾次這樣的流程。

結果一到和音面前，緊握口袋裡的戒指盒時，我就投降了。

最後腦袋一片空白，跳過所有細節。等我回過神來，自己已經拿出戒指盒，說完過於開門見山的求婚台詞了。

和音睜大眼睛，呆呆地張著嘴。發愣的表情很不像和音的風格。

我以前好幾次都在和音生日等節日準備驚喜，但是每次都被看穿，總是被她笑。這次她好像真的大吃一驚。以前一直想看看和音驚訝的表情，今天雖然終於得償所願，但現在可不是做這種事的時候。

和音看著我。我也認真地回望她。這可不是該笑的場合，也不能移開視線。我以竭盡全力的真心凝視和音。

和音低著頭，拿起小小的盒子。看著盒子裡搭配水藍色寶石的戒指，輕輕開口說：

「這是海藍寶石嗎？」

「嗯。」

雖然和音貌似從以前就對寶石沒什麼興趣，不過光是看一眼就知道寶石的種類，表示她果然還是對寶石有興趣吧！和音愣愣地看著戒指，眼底似乎有些濕潤，希望這不只是因為對寶石有興趣。

和音一直凝望著戒指，什麼也沒說。我也不急著要她回答。走到這一步，我也有自信不會被她拒絕。畢竟我們一起走過那麼長的時間。然而，她一直沉默，我也開始變得不安。

「這個……」

和音突然把戒指盒轉向我。

「能幫我戴上嗎？」

「……嗯。」

我接過和音手上的盒子，把戒指拿出來。

接著牽起和音的手，拿著戒指靠近她的無名指。

纖細的指尖微微顫抖。我偷看了和音一眼，她的表情雖然沒有太大變化，但是耳朵通紅。和音一直都這樣。謊稱和平行世界的我是情侶的時候、對我告白的時候、第一次接吻的時候，她總是一臉平靜但是耳朵通紅。

顏色宛如大海的戒指，剛好圈住和音的手指。

「……剛剛好。我有告訴過你戒圍嗎？」

「我趁妳睡著的時候偷偷量的。」

不能吵醒在身邊熟睡的和音，還要偷偷用繩子纏繞她的手指，其實過程很驚險。不過，我也是因此才能順利準備好戒指。

和音看起來十分珍惜似地撫摸戴在手上的海藍寶石戒指。

或許我不需要多問，不過我還是很想聽她說出答案。

「和音。」

「嗯。」

我一喊她的名字，和音就開心地笑了。

「以後，請你多多指教。」

她說完，便深深低下頭。

＊

我與和音之間的關係，早就獲得雙方父母的認可，告訴他們要結婚的消息，他們的反應只有：「啊，終於要結了？」不過，我與和音都算是小康家庭，因此差點就被迫辦一場豪華的婚禮。我們兩個都不擅長應付熱鬧的場合，所以說服雙方家長，由我們親自操持只有親人參加的小型婚禮。我判斷也不能完全忽視吉祥的兆頭，所以婚禮還是選了一個黃道吉日。

會場已經訂好，距離舉行婚禮還有半年的時間。開始準備婚禮細節時，我們面臨到那個問題——不，應該說「再度面臨」才對。

那是自從平行世界的存在普及之後，所有人都會在各種場合中碰到的問題。

我大學二年級時，第一次強烈意識到這個問題。

較早出生的和音已經滿二十歲，為了幫她慶祝，我們決定舉辦第一場飲酒會。地點選在當時我獨居的家中，參加者只有我與和音兩個人。

「生日快樂。」

「謝謝你。」

和音吹熄插在小小生日蛋糕上的蠟燭，房間變得一片漆黑。

我去開燈，然後開了一瓶有點昂貴的香檳。軟木塞砰地一聲飛出去，就連那些溢出來的泡沫也像是在為和音慶祝。

我們兩人吃著蛋糕和對方親手做的料理，喝下名義上的第一杯酒。我們都一個人住，手機也都關機，今晚沒有任何人會來打擾。

交往中但身體從未結合的戀人，來家裡住也喝了酒。雖然不知道能不能說是理所當然，但是我那天的確是想讓兩人的關係更進一步。

我想和音也從一開始就抱著相同的想法。和音喝了一點酒假裝酒醉，我輕輕將她推倒在床上，她紅著耳朵但沒有抵抗。

這種經驗雙方都是第一次，我們剛開始只是生硬地握著手。我拚命壓抑焦急的情緒，在褪下衣物前吻了和音的臉頰和頸項。

接著，就在我吻著她的左手掌時，注意到一件事。

和音左手腕上的ＩＰ裝置。

不知道什麼時候數值變成「００１」。

平行跳躍。

也就是說，現在我眼前的和音是相鄰一個世界的和音。

知道這件事的瞬間，我的腦袋一片空白。微醺和性興奮的感覺全都消失。

然後我才第一次正式面對這個問題。

這個世界裡存在無數個平行世界，人在日常生活中本來就會無意識地在平行世界中移動。越遠的世界越難移動，不過1～3左右的近距離世界，幾乎和原本的世界沒有差別，所以經常會在自己沒有發現的狀態下移動到平行世界，又在不知不覺的時候回到原本的世界。簡而言之，和音這次也在某個時間點移動到相鄰的平行世界了。

平行世界的距離越近，差異越小。想必在相鄰的平行世界裡，我與和音也像今天這樣，以同樣的心情溫存吧！

話雖如此……

我可以就這樣繼續抱著和音嗎？

我眼前的和音，真的是我的女朋友嗎？

「怎麼了？」

和音的手掌輕撫我突然僵住的臉。

我默默地指著和音的ＩＰ裝置。

「啊……」

和音也發現這件事。發現自己是平行世界的人。

「……那你呢？」

和音這樣問，我便讓她看自己的ＩＰ裝置。數值顯示為「０００」，我並沒有移動。

「原來如此……這的確是……很令人困擾呢。」

和音像我一樣僵硬了一段時間之後，回到平常的樣子，一邊嘆氣一邊從床上起身。我也沒心情繼續下去。坐在她身邊，一樣也嘆了口氣。

「那裡的狀況幾乎和這裡一樣吧？」

「應該吧。為了慶祝二十歲生日所以一起喝酒，然後就變成這樣了。我完全不知道什麼時候移動的。就我所知，曆的房間也都一模一樣。」

「竟然挑在這種時候……」

「總之，我先道個歉，雖然也不是我的錯。」

「我知道啊。不過，下次還是有機會啦……要喝一杯嗎？」

「好啊。」

我們從床上移動到桌邊，開始喝起我與和音剩下的酒。我已經聽說第一次可能會失敗，所以早就作好心理準備，但沒想到竟然會以這種形式失敗。

之後我們也一直沒醉，我與和音互相摸索般的對話，果然還是以平行世界為主題。

「十年前，平行世界還只是虛構情節呢。」

「雖然這項研究更早之前就已經開始。不過，的確是從那時候開始廣為大眾認知。」

「那在這之前的人們，就算發生這種事情也不會察覺，繼續和相鄰世界的情侶溫存嗎？」

「一定有過這樣的情形吧。如果沒有ＩＰ裝置，我們也……應該是說，如果一開始我們就脫下對方的衣物、拿下裝置，應該就不會發現了。」
「這樣一想，感覺有點恐怖。」
「嗯。但是，實際上只隔一個世界的話，幾乎等於同一個人就是了。」
「你認為平行世界的自己是同一個人嗎？」
「基本上我是這樣想沒錯……不過，如果是100或200的話，那個世界的自己有可能是殺人魔吧？如果是這樣的話，我就沒辦法都當成同一個人看待了。」
「但是，那也是平行世界對吧！界線到底在哪裡呢？」
「就理論上來看，根本就不會有界線。」
「所以無論差距多少，平行世界的自己都是自己嗎？」
「就理論上來思考的話是這樣沒錯。」
「……那你剛才為什麼不繼續？」
為什麼。答案很簡單。
「因為這沒辦法用理論思考啊！這個世界的和音，現在正和那個世界的我談話。我想他們的心情幾乎和我們一樣，聊的話題也差不多。但是，一想到平行世界的我正在和這個世界的和音溫存，我就嫉妒得快要發狂。」

就算是平行世界的自己，我也無法想像那傢伙和這個世界的和音睡在一起。如果我和眼前的和音睡了，那相鄰的世界也一定會發生一樣的事情。所以，我的手只能停下來。

「……啊，嗯。我懂。」

和音也和我一樣，想像了那樣的場景吧！她用複雜的表情喝了一口酒。不太會喝酒的和音只喝了剛開始的那一杯就不再喝香檳了，現在喝的是酒精濃度百分之三左右的罐裝雞尾酒。

「我們不是看了很多平行世界的電影嗎？」

話題突然轉變。不對，應該沒變吧？總之，我點了點頭。

在我出生前不久的時代，似乎曾流行過平行世界的作品，當時有很多這類題材的漫畫、小說、電視劇和電影。在真實世界確立虛質科學的佐藤教授也公開表示自己從這些作品中得到很多靈感，甚至引用作品中的固有名詞為自己發現、提倡的事物命名。因此，我們也遍覽知名的作品，把這些當作學習的一部分。

「那些作品感覺都是主角一直想重來，然後將未來變成自己想要的樣子不是嗎？雖然是我個人觀感，但這不就代表主角擅自否定自己不想要的平行世界嗎？明明那個世界也是另一個自己打造出來的世界啊！」

「那是因為當時對平行世界有很多種詮釋的方法。不過，現在既然已經了解實際上平行世界是這樣的東西，以後應該就不會有那種作品出現了吧？」

「畢竟實際上沒辦法回到過去啊。如果想要重新修正過去的失敗，只能移動到當初沒失敗的平行世界吧？」

「那就等於是把失敗硬塞到已經成功的自己身上啊。」

「如果我們的研究繼續進步，總有一天可以做到這件事耶。」

「所以才會需要法律規範啊！現在前輩們也很辛苦地在開導一般民眾。」

「法律規範嗎？假設我在這個世界犯罪，回到原本的世界時誰會被判刑？像是這類的問題對吧！」

「如果是相鄰的世界，那的確無論在哪個世界應該都犯了相同的罪。但如果是10或20的世界就不清楚了。100或200的話，甚至有可能被冠上自己完全沒有印象的殺人罪。」

「移動到100的世界，以自然現象來說不太可能吧……啊！」

一旦離題就會越扯越遠，和音已經完全回到平常閒聊的模式，她看著我一邊把手伸到桌上。結果手撞到已經打開的酒罐，罐子被撞到在地上，酒也灑出來了。

「啊啊，對不起！」

「沒事，沒關係。」

我笑著拿面紙擦拭酒漬，斜眼看到和音歪著頭，一副搞不清楚狀況的樣子。

「咦？罐子剛才是放在這裡的嗎……啊！」

和音突然靜下來並且看著自己的ＩＰ裝置。

「怎麼了？」

我這樣問她，而她則默默地給我看她的裝置。

不知不覺中，數值已經變回「０００」。

「啊……歡迎回來。」

「我回來了。真的完全沒感覺耶。」

無論是視覺還是對話內容，我都無法判斷和音究竟是什麼時候回來的。在相鄰的世界裡，酒罐一定是放在稍微不同的地方吧。雖然不知道是什麼時候回來的，但是既然和音都沒有注意到的話，就表示我們的對話幾乎一模一樣。近距離的平行跳躍在日常生活中經常會誘發像這樣的小失誤。

整理好被弄濕的地板，我與和音再度面對面。

「我回來了，要、繼續嗎？」

「總覺得氣氛不對了耶。」

說完之後我們相視苦笑，初體驗就這樣以失敗告終。

在那之後不到一個月，我們終於確實結合。不過，當時雖然脫了衣服裝置，還是戴在手上，因為一直確認數值有沒有變化，導致我們的初體驗很不安穩。

這就是虛質科學為這個世界帶來的大哉問之一。

那就是——平行世界的自己，是否是同一個自己？

這個問題，直到現在都沒有答案。

＊

婚禮前兩個月的某天，我們再度面臨這個問題。

枕在我臂彎上，眼神似睡似醒的和音突然說了一句：

「我說，曆啊！我們真的能結婚嗎？」

「怎麼說？」

「如果婚禮當天，我們其中一個人平行跳躍了怎麼辦？就這樣直接和平行世界的對方結婚也沒關係嗎？還是要中止婚禮？」

這應該是某種婚前憂鬱症吧？我也不是沒想過這個問題，但也認為一直想根本無濟於事。我毫無根據就樂觀地認為一切會船到橋頭自然直，現在回想起來當時的我確實有點失常。或者是說，我刻意不去想這些事吧！

然而，看到和音這麼糾結的樣子，我漸漸感到不安。如果真的發生了，我們到底該怎麼辦？

找不出解決煩惱的答案時，我想起了爸爸的研究。

我與和音以研究員的身分任職於虛質科學研究所，每個部門都細分成人數很少的團隊，個別進行自己的研究。我爸爸現在的研究主題是IP固定化。

虛質科學的基礎，始於相對於物質空間的虛質空間，這是一種概念性的空間。該空間當中充滿虛質元素這種量子，而量子的變化會形成物質世界的基本粒子，其變化差異則會形成平行世界。

在各世界變化的元素所描繪出的圖樣稱為「虛質紋(Imaginary Elements

Print)」，一般稱為「ＩＰ」。測定虛質紋，將兩個世界的ＩＰ差異數值化的裝置就是ＩＰ裝置，但實際上測定的是以物質樣貌顯現的基本粒子狀態，嚴格來說並不是直接測定虛質元素。由於目前還未能直接觀測虛質空間，所以現在不過是在物質空間中以虛擬的方式觀測而已。

所謂的ＩＰ固定化，指的是隨時觀測虛質空間中保持重疊狀態的虛質元素，藉此確定量子狀態並消除搖晃現象的研究。如果能夠實踐這項研究，推測就能夠消除觀測時平行跳躍的現象。技術上的問題在於如何觀測人類目前無法觀測的虛質空間元素。在爸爸的研究當中，這是最重要的關鍵。

如果這項研究得以實現，婚禮當天我與和音的ＩＰ都可以固定，不必擔心會發生平行跳躍現象，順利結束婚禮。這項研究本來就是為了這種特定日子以及防範未來可能會出現「犯人逃到平行世界」等問題。

一般而言，研究內容直到有一定成果前，基本上就算是對研究所內的同事也必須保密。然而，爸爸在和我單獨聊天時，曾經不小心洩漏相關研究資訊。我發誓不會告訴別人，所以也沒讓和音知道，不過如果是和爸爸本人商量這件事的話應該在容許範圍內吧！

因此，我趁放假時和爸爸一起來到無人的研究所，商量和音的事情。

爸爸說ＩＰ固定化目前尚未實現，就算可以實現也有太多未知因素，預測應該會很危險，所以離發展到人類能使用的階段還很遠。以這樣的情況為前提，爸爸告訴我他自己對於平行世界的想法。

「曆，爸爸我啊，覺得或許暫停這項研究會比較好。」

「咦？為什麼？」

一直以來專注於研究的爸爸，竟然會說出這樣的話。光是這樣就讓我覺得ＩＰ固定化是一件很特別的事情。

「你覺得平行世界是什麼？」

「是什麼……是在過去分歧出來的另一個世界？」

「沒錯。在過去分歧出來的另一個世界。也就是實現可能性的世界。」

「實現可能性的世界……」

「假設你今天早上在煩惱要吃飯糰還是麵包。而這個世界你選了飯糰，那麼選擇麵包的就是平行世界。所謂的平行世界，就是在這個世界沒有被選擇的所有可能性的世界。」

我想像選擇吃飯糰和選擇吃麵包的自己。兩個世界都存在，我自己也存在於其中一個世界。

「接著，我們來想想看ＩＰ固定化是什麼。也就是說，本來你煩惱要吃飯糰還是麵包，但是麵包被撤走，強制你只能選擇飯糰。我認為ＩＰ固定化或許就像這樣。」

原來如此。這樣的世界太無聊，而且感覺就像損失了什麼一樣。所謂的選擇，就是這麼美好的事情。

「煩惱之後再決定吃飯糰和只有飯糰可以吃，結果看起來都一樣，但是前者會出現選擇飯糰的自己和選擇麵包的自己，相對地後者只會有吃飯糰的自己……情況不就會變成這樣嗎？」

我把爸爸淺顯易懂地以飯糰和麵包比喻的內容，重新再描述一次。淺顯易懂固然很好，但是總感覺不太正經。不過，我很認真的回答這個問題。

「平行世界就是可能性的世界。但是ＩＰ固定化會消除其他可能性，所以原本應該產生的平行世界就會消失，對嗎？」

「沒錯。因為無論如何都想吃飯糰的自己，擅自抹殺了想吃麵包的自己……我認為IP固定化就像是這樣的感覺。」
「爸爸的意思，我懂。」
不過，這並不是吃飯糰或麵包這種程度的事情，結婚是一生一次的大事，如果爸爸的說法正確，那麼因為IP固定化而消失的可能性就是我與和音不結婚的情況。如果是這種可能性的話，我希望全部都抹除。
我這樣一說，爸爸沉思了一會兒才開口。
「我和你媽媽結婚的時候，這個世界還沒有IP裝置這種東西。」
不要說IP裝置了，說不定就連虛質科學這門學問都不存在吧！那是平行世界完全屬於虛構情節的時代。
「所以，當時和我舉行婚禮的媽媽，可能是平行世界的媽媽。即便如此，我也完全不後悔。因為我當時的確愛著她。」
愛。爸爸雖然毫不害臊地說出這個詞，但不可思議地是我竟然也不覺得奇怪或丟臉。
「雖然我們離婚了，但我至今還是愛著你媽媽，無論她是不是平行世界的媽媽。也就是說，我愛你媽媽，包含她所有的可能性。」

「……連所有可能性都愛。」

「沒錯。如果可以做到這一點的話，就不需要ＩＰ固定化。堂堂正正地結婚就好。」

「……爸爸的意思，我懂。」

我再度說了這句話之後，就沉默了。

連和音所有的可能都愛。連平行世界的和音都愛。如果可以做到這一點的話，就算婚禮當天對方的ＩＰ變動也沒問題。因為，平行世界的和音也是我深愛的和音。簡而言之，爸爸認為平行世界的自己和這個世界的自己是同一個人。

我了解這種看法。我想我現在也能愛平行世界的和音。截至目前為止，我經歷過多次平行跳躍，但無論在哪個世界，和音仍然是和音。

然而，問題在於角色對調。

也就是說，我能接受平行世界的自己，去愛0世界的和音嗎？

這真的是很自私的煩惱。簡單來說，等於是自己可以外遇，但是和音的話我就不能接受。儘管外遇的對象是平行世界的自己。

爸爸靜靜地看著沉默的我。不知道是不是因為沉默的時間太長，讓他按捺不住，爸爸說出某個提議。
「既然如此，你要不要試試看？」
「試試看？」
「啊，其實現在所長主導的研究團隊，正在進行改寫ＩＰ以移動至平行世界的研究，目前在實驗階段已經有成果了。」
終於啊！我因為父親的一席話而興奮不已。
高中時，為了讓遙遠平行世界的和音回到原本的世界（雖然是謊言），我曾問過爸爸能不能做到這件事，但是當時爸爸回答「理論上有可能，但距離實踐還需要十年的時間」。
從那之後已經過了十年，而且真的已經快要可以實現了。
「這項技術──『選擇跳躍』一旦完成，就可以把從遙遠平行世界過來的人送回0世界。當然，也可以逆向操作。實際上在物質和動物實驗中已經成功好幾次，目前就剩下臨床實驗了。」
臨床實驗。我似乎明白爸爸想說什麼了。
「臨床實驗有多重難關需要克服。首先必須獲得厚生勞動省的臨床實驗審查委員會批准。而且大前提是必須提出已經克服倫理面與安全面問題的報告，為了做到這一點，也必須做臨床實驗。這種本末倒置的狀況很常見。就算製作出像樣的報告並開始實驗，之後也會因為委員會的定期審查，無法按照我們的意思進行實驗。」

不只科學研究，通常臨床實驗在各個層面上對任何領域來說都是一大關卡。如何克服這道關卡，也有很多種手段。

「雖然這不是能夠大聲宣揚的事……不過這些研究所經常採用的手法，就是事前以所內的人員偷偷進行臨床實驗。」

尚未批准的臨床實驗。更直接說的話，就是秘密人體實驗。

「當然，實驗會盡量考量安全性。按照實際審查時的知情同意（Informed Consent）原則，我們會告知受測者所有實驗概要與危險性，絕對不會勉強。如果事前實驗能確認安全性，就可以更快獲得正式的批准。」

也就是說，爸爸是在問我要不要參加改寫ＩＰ以移動至平行世界的「選擇跳躍」的所內臨床實驗。

「最初會從相鄰的世界開始。這是日常生活中也會移動過去的世界，如果是相鄰的世界，做的事情幾乎一模一樣，交換來到這個世界的受測者也在進行相同實驗的可能性非常高。如此一來也可以節省說明的時間，實驗會更順利。」

在我和平行世界的自己都同意的情況下，交換彼此的世界。如果這項技術得以實現，未來將可能出現更多超乎意料的衍生效果。

「當然，這也是工作業務之一。就算是移動到平行世界，身為研究者還是有義務參與該實驗。如果實驗進行順利，會慢慢移動到更遠的世界。我們認為藉由與每個世界交流知識與技術，虛質科學乃至人類全體都會有飛躍性的發展。」

這項實驗帶來的好處，光是想像就很驚人。

「然後，在進行這些工作的時候還是會有休假。畢竟我們也不是整天都窩在研究所做研究啊！」

「但是還滿常出現這種情形的耶。」

「……偶爾啦。總之，你可以藉由選擇跳躍移動到平行世界，然後趁那個世界休假的時間，觀察自己是否能愛著那個世界的和音。還有是否能愛著移動到自己世界的另一個和音。驗證不是自己的自己能否愛著女朋友、能否接受被愛……你要不要試試看呢？」

——這就是爸爸的提議。

我告訴和音這項提議，結果決定兩個人一起參加實驗，以確認我們是否能連對方的所有可能性都一起愛、能否接受被愛。

接著，我們在幾天之後，進入從未造訪過的研究室。

室內有一座能躺進一個人的膠囊。這就是能引發選擇跳躍的磁場產生裝置。

「果然……」

我情不自禁地喃喃自語。

這個膠囊一定就是小時候移動到爺爺還活著的世界時，我曾經待過的那個盒子。當然，這和當時的膠囊不完全相同，但是再見到它讓我心裡浮現不可思議的感慨。

佐藤紘子所長是虛質科學的主角，同時也是本研究所的創辦人，她似乎把這座膠囊稱為「愛茵茲瓦的搖籃」，而其他所員則是單純地稱呼為「ＩＰ膠囊」。所長從舊作品中引用名稱命名，而所員採用其他稱呼，這種情形很常見。所長親自對我們說明實驗的概要。

「首先，我們會請受測者進入愛茵茲瓦的搖籃。接著會在外部操作，讓膠囊內產生磁場。受測者的組成基本粒子之旋轉量會因為該磁場而強制轉換，藉此改寫ＩＰ，使受測者可前往改寫的ＩＰ世界。架構簡單來說就是這樣。該磁場是否會對人體有害、移動之後是否能夠確實回到0世界，克服這些問題才能獲得正式批准。」

「膠囊……搖籃只有一個耶。」

「這種東西沒辦法做好幾個。你知道這花了多少錢嗎？」

一定比我想像的金額還要多好幾個零吧。

「那你們誰要先來？」

「請讓我先吧！」

我毫不猶豫地就先報上自己的名字，和音一臉擔心地握著我的手。

我回握和音的手，笑了一下想讓她安心。

「沒問題的，我先去開路，和音就等一下吧！」

「……嗯。」

和音坦率地點了點頭。我開玩笑說：「哎呀，原來和音這麼可愛啊？」大家都知道我們的關係，不用遮遮掩掩真是輕鬆又愉快。

因為膠囊只有一個，所以我與和音決定輪流移動。藉由參加這次實驗的機會，我們成為正式的研究團隊成員，沒有進入膠囊的那個人在外面學習機械的操作和控制計量器，薪水也因此稍微提升了一些。這還真是令人愉快的意外啊！

幾天之後，終於要進行第一次實驗了。

為防萬一，實驗還在深夜進行。如果在白天移動，那麼移動過去的時候自己可能正在開車，如此一來就會有發生車禍的危險。

躺在膠囊裡的我，收起些許不安的情緒，笑著望向玻璃外的和音。和音輕輕點了頭，進入控制台操作磁場。

「五、四、三、二、一……開始移動。」

我聽著倒數的聲音，閉上眼睛。

產生磁場只需要數秒鐘就能結束，移動本身則是瞬間完成。除了膠囊內變得比較溫暖之外，沒有什麼奇怪的地方，風景和人都和剛才差不多。

「可以先確認一下IP嗎？」

比起確認身體狀況應該要先確認IP，所長這麼一說，我便抱著些許緊張感確認IP數值。如果顯示001的話就表示成功了。究竟，數值是——

「……是1。」

「成功了呢！歡迎你，隔壁世界的高崎曆。」

就這樣，值得紀念的第一次移動實驗，毫無問題地成功了。

之後約一個月期間，我與和音往返於平行世界之中。

移動過去的地點也一直都在膠囊內，由此可知鄰近的世界想法也相近。不過，當IP超過4之後，差異就越來越明顯。具體而言，像是我自己房間的家具配置不同、甚至開不同的車。第7號世界的我還變成光頭，真是新鮮有趣的體驗。

對我個人來說最有意義的就是和平行世界的和音，互相以實驗為前提見面。第一次移動實驗中，我與和音單獨相處時，都先看了對方的IP裝置。我是001，和音則是000。相鄰的世界和0世界幾乎沒有差別，和音也正確掌握我們正在做的事情。

我們在老地方的卡拉OK包廂面對面。「初次見面……也不算是初次對吧。」

「對啊。可能在不知不覺中已經見過很多次，至少在有自覺的情況下我們對話過一次。」

我當然記得。和音二十歲的生日，初體驗以失敗告終的那一夜。當時，我的確和1世界的和音說過話。

「感覺，好奇怪喔。其實我感受不到和0世界的和音有什麼差別。」

「在這個世界我才是0。曆也沒有什麼不同的地方啊！」

這種情況的確可以說是理所當然。畢竟0和1的差異，只有早餐吃飯還是麵包這種程度而已。

所以，和音左手無名指上仍然戴著熟悉的戒指。

「是海藍寶石。」

「啊……嗯。這個……該說什麼好呢？謝謝你。」

「為什麼要再道謝一次？」

「你也送了戒指給那個世界的我吧？反正都是我，所以還是跟你道個謝。」

這種心情，真的很不可思議。明明什麼都一樣，但是在我眼前的人，不是收下戒指的那個和音。

「你們，會結婚吧？」

「會啊！我想結婚。這場移動實驗不就是為了結婚才參加的嗎？」
「嗯，下次就輪到和音了。實驗過程也沒什麼，放輕鬆就好。」
「我一點也不在意實驗本身。對我們來說，最重要的應該是在這裡的時候能不能愛對方以及接受對方的愛。」
我點點頭。我與和音能夠愛著平行世界中的彼此嗎？雙方都能接受平行世界的自己嗎？
「其實……我覺得愛應該是沒問題的。如果問我現在能不能和妳上床，答案大概是肯定的。」
「或許，是這樣吧。但是問題在於……」
「嗯，問題出在角色相反的時候。在我的0世界中，現在第1號世界的我，正在和0世界的和音說一樣的話。而我自己能不能接受相同的想法？」
「那現在你覺得如何？」
真是個難題。這個問題真的好難。
「總而言之，我今天沒打算和妳上床。」
「嗯。」

「也就是說，第1號世界的我也一樣，沒打算和0世界的和音上床。想到這一點我就覺得安心。反之，如果我和平行世界的和音上床，就表示0世界的和音也和平行世界的我上床了。因為是在已經了解的情況下上床，那就表示已經能接受所有可能性了吧！」

「……沒辦法上床的話，就不能結婚嗎？」

「……這又是另一個問題了。」

「好麻煩喔。或許當初沒發現什麼平行世界反而比較好。」

「的確如此。畢竟，以前的人也都是這樣幸福地結了婚啊！」

和音說的那番話，一定每個人都在心裡想過。要是沒有發現平行世界就好了。

然而，現在既然已經發現了，我們就只能生活在這樣的世界。

就這樣，為期約一個月左右的實驗沒發生什麼大問題，進行得非常順利，而且也發現我與和音無論在哪個世界都過得很圓滿。結果，我雖然沒有和平行世界的和音上床，但也確實感覺到自己的想法正在慢慢轉變。

原本打算先在此告一段落的第十次移動實驗時，我與和音面臨巨大的變化。

＊

我醒來的時候，人不在膠囊裡，而是在自己的房間。房間很暗。我用手機確認時間，發現剛過凌晨兩點。剛好是移動的時間沒錯。接著確認ＩＰ裝置後，我嚇了一跳。

ＩＰ數值顯示為「０３５」。

按照計畫，這次的ＩＰ應該是10才對。結果突然變成35。這下移動到和原本預定相差25的平行世界了。應該是在0世界弄錯了什麼吧。

直到第9號世界為止，我都一樣是在ＩＰ膠囊中醒來，所以馬上就能和平行世界的爸爸等人共享資訊。這個世界的我難道沒有參加選擇跳躍的實驗嗎？若是如此，那這個時間去研究所也不會有人在，所以我決定等到早上再去上班。

我感覺似睡非睡、朦朦朧朧地過了一夜，終於迎來早晨。

我離開房間走下樓。總之，我家和0世界的家一樣。

爺爺、奶奶、優諾都過世了，現在剩我和媽媽兩個人住。再過不久，和音應該也會搬來同住。不過，都離35個世界那麼遠了，還是什麼都一樣，我反而覺得奇怪。

「……早安。」

我戰戰兢兢地向廚房的人影打招呼。

「哎呀，早安。今天怎麼這麼早？早餐還沒做好喔！」

聽到媽媽熟悉的聲音，讓我暫時感到安心。「媽，我有重要的事要告訴妳……我現在的ＩＰ是35。」

「35！你從好遠的地方來耶。」

「嗯。今天會去研究所調查細節，可能會比較晚回家。如果我晚歸，妳不必擔心，就先睡吧！」

「好、好。但是，哇，是35耶？真稀奇。這種事情很少發生吧？」

「嗯。很少會自然發生。可能是因為這次實驗才會這樣。」

「哎呀……你可不要去做什麼危險的事喔！」

「沒問題的。我現在這樣也沒事啊！」

就算是距離35的世界，我也可以像這樣自然地和媽媽對話。媽媽似乎也沒有覺得哪裡不對勁。我本來以為媽媽會問我很多0世界的事情，但是她什麼也沒問。所以我也決定不問媽媽有關這個世界的事情。

之後，我就像平常一樣吃完早餐，也像平常一樣去研究所上班。街景幾乎沒有任何改變，研究所的地點也一樣。

我先去爸爸平常會在的研究室找他。因為用我的ＩＤ還是有部分房間進不去，所以我約爸爸到共用空間見面。還好爸爸不忙，所以馬上就來了。

「曆，怎麼了？」「嗯，你先看這個。」

我沒有做任何說明，直接把ＩＰ裝置給爸爸看。

「35？怎麼會？發生什麼事了嗎？」

爸爸嚇了一跳，我告訴他自己在0世界參加移動實驗的事情。

「原來如此。在你的0世界裡，你參加了移動實驗啊。這個世界也在做移動實驗，但是受測者不是你。」

果然是這樣啊！我的想法似乎是對的。既然如此，那這次的遠距離移動，真的是0世界發生問題囉？

「我回得去吧？」

「啊，應該沒問題。我去和所長說，她會讓我們使用膠囊的。不過，難得有這個機會，你就在這裡待個兩、三天吧！畢竟能和遠距離世界交換資訊的機會不多。」

「啊，嗯。這個沒問題。」

「好，既然如此我們就趕快開始吧！你先等著，我去叫所長來。」

我難得看到爸爸有點興奮的樣子。我很了解他的心情。能和遙遠平行世界交換資訊，真的很吸引人。

所長不久就火速趕來，緊急準備會議。當天我們交流彼此世界的研究資訊直到晚上。

＊

直到晚上八點，他們才終於放我一馬。

接下來的時間，要用來達成移動實驗另一個目的——與平行世界的和音交流。為了確認是否能愛著每個和音，像這樣遠距離的移動可以說是絕佳機會。

我在研究所待到這麼晚，卻一直沒有見到和音。原本想說如果隔了這麼遠，她很可能選擇從事其他工作，但確認之後發現和音的確任職於研究所。看來應該是隸屬其他研究團隊，偶爾才會見到面。

從上下班的紀錄來看，和音應該還留在研究所內，所以我決定在出入口旁的會客室等她。

大約經過二十分鐘後，和音來到出入口。她以比一般女性還快的步伐走出去，我從背後追上她，像平常一樣喊她。

「和音。」

「咦？啊，是高崎啊！辛苦了。」我感覺到非比尋常的怪異感。

高崎。和音剛才的確是這樣稱呼我的。

我認識的和音，自從大學一年級開始和我交往之後，就一直叫我「曆」。一直到第9號世界也是如此。

結果現在她叫我「高崎」，該不會這個世界……

「怎麼了？」

我一邊想著該怎麼回答，一邊望向和音的左手。

無名指上沒有戴著海藍寶石的戒指。

我有想過這件事。距離遠到某種程度之後，可能會存在我與和音沒有結婚的世界。距離35個世界的話，這的確很有可能。

然而，光是看到和音沒戴戒指的手指，我就已經大受打擊。

「……高崎？」

和音一臉詫異眉頭緊鎖，我默默把自己的ＩＰ裝置給她看。和音確認數值之後，瞪大了眼睛。

「35！你從那麼遠的地方來啊……我第一次看到這樣的數值。」

看到和音的反應，讓我想起高中時代被她騙的回憶。

當時和音在ＩＰ裝置上貼了數位數字的貼紙，騙我說她來自第85號世界。雖然我徹底上當，但也因為這件事情與和音變得很熟。這個世界如何呢？是不是連那份回憶都不存在？

在內心突然開始感到不安的時候，和音的下一句話拯救了我。

「你該不會是現在才來報高中的仇吧？」

和音說著便把手伸向我的裝置，用手指摳著螢幕畫面。

「看來不是貼紙。真的移動了35個世界啊……我那個時候說我從哪裡來的啊？35嗎？」

太好了。那份回憶似乎還是共通的。雖然不知道是在哪裡出現分歧，不過這個世界的我與和音至少還是朋友吧。

「……該不會是那邊的世界沒有這件事吧？」

我沉浸在各種想法之中，遲遲沒有回覆，和音看著我似乎也產生同樣的想法。她問我的時候表情有點不安，我便知道對這個世界的和音來說，那也是很重要的回憶，真是開心啊！

「……不是35喔。是85。」

「85？有那麼遠喔？那你還被騙得真徹底耶。」

「那個時候不像現在那麼了解，所以也沒辦法囉。」

「對啦、對啦。」

和音像是在誇耀自己勝利似地笑了。看來就算是距離35個世界，個性也不會有太大改變。她還是那個令人又恨又愛的和音。

「辛苦了。」

「啊，你也辛苦了。」

研究員同事從我們身旁經過往外走。話說回來，我們不知不覺堵住出入口了。

「就這樣站著說話也不是辦法，要不要一起吃個飯？」

「說得也是……啊，既然難得有這個機會，要不就去那個久違的卡拉ＯＫ如何？」

久違啊。她這樣一說，讓我再度感受到我與和音在這個世界的距離。畢竟，在原本的世界裡，我與和音還是經常會去那家卡拉ＯＫ。

「也是，去久違的卡拉ＯＫ也好。」

我刻意這樣回答。

就這樣，我與和音吃了一點東西之後便前往那家卡拉ＯＫ。

我們先以酒精飲料乾杯，唱幾首歌消除平時的壓力。我們點的下酒菜送來之後，便不再唱歌，開始聊了起來。

我想不經意地確認這個世界和0世界的分歧點在哪裡。我與和音沒有訂婚這件事情應該沒錯。但我們連情侶都不是嗎？只是普通朋友、同事嗎？這一點我當然會在意。

「和音現在有交往的對象嗎？」

「很遺憾還沒有。你呢？該不會變得像我當初說謊的情形一樣吧？」

「至少我是沒有踢飛把妳拖進巷子裡的壞人啦。」

「啊，當初我是那樣設定的啊？真懷念。」

和音瞇起眼睛笑著。這個世界的和音似乎還沒對象。從她的反應來看，也不像是正在跟我交往的樣子。如此看來，分歧點應該是大學一年級的時候吧？和音對我說：「被搭訕很煩，所以你來當我男朋友吧！」那件事在這個世界沒有發生嗎？仔細想想，和音是從那之後才開始叫我「曆」。現在和音叫我「高崎」，就表示我猜得沒錯。

「那移動35個世界，我和高崎的關係也沒什麼改變嗎？如果是這樣的話，平行世界也太無趣了吧！」

我們進來的時候選擇酒精飲料喝到飽的方案，和音看起來好像有一點醉了。她不會喝酒這一點，似乎也沒變。

這下該怎麼辦呢？不知道為什麼，我開始猶豫要不要誠實告訴和音，我們不只交往，甚至還已經論及婚嫁。總覺得我要是說實話，可能會對這個世界產生不必要的影響。不對，就算這個世界的我與和音現在才開始交往，對我來說也不是什麼壞事……

……不，不對。

我差點就遺漏了重點。沒錯，為什麼當初沒想到呢？

「怎麼了，有蟲嗎？」

「咦？」

「看你的表情，好像找到什麼東西的樣子。」

「啊——沒事，抱歉。沒什麼事啦。」

和音對我投以狐疑的眼光，我用模稜兩可的笑容應對。

「所以，實際上怎麼樣？我們兩個在那個世界是什麼關係？」

「這個嘛……我還是不說為妙。」

「什麼嘛——」

和音嘟起嘴巴。沒錯，我不應該提及我與和音在0世界的關係。

因為這個世界的我，可能已經有其他女朋友了。

雖然可能性很低，但也不是零。既然如此，我現在最好不要讓和音有任何刻板印象。不，就算沒有其他對象也應該這麼做。這個世界的我與和音，都各自有自己的人生路。我不應該提供多餘的資訊引發混亂。

「我還認真的想過，在遙遠的世界裡，我們說不定真的會交往耶。」

「是有這個可能啊。」

沒錯。對這個世界的和音而言，我與和音在一起是一種可能性。

沒有在一起的我們，可能會在寂寞難眠的夜裡，想像彼此正在交往的世界。

反之，這個世界對我來說也是一種可能性。

我沒有選擇和音、和音也沒有選擇我的可能性。

我已經選擇和音。為了維持這個現狀，我絕對不能否定沒有選擇和音的可能性。

此時……

「啊！」

心裡有一種烏雲散去的感覺，我已經找到答案了。

可能性。

連對方的可能性都愛，或許就是……

「啊，原來是這樣。」

「嗯？怎麼了？」

「沒事，我現在解決了一個煩惱呢。」

「什麼啊？」

因為覺得不可思議而歪著頭的和音。這樣的和音讓我覺得心生愛憐。

我能和這個和音結婚嗎？答案已經很明確了。絕對不行。比起不行，說不能結婚更貼切。因為我與和音要在0世界結婚。

「我說，和音啊。」

「什麼事？」

「我不能告訴妳細節……但是我現在很幸福喔。和音妳呢？」

「……這個嘛，硬要選的話，算是幸福吧。」

「這樣啊，那太好了。」

我舉起玻璃杯，為這份幸福輕輕乾杯。

不知道為什麼，我現在好想念和音。

＊

我兩天後才回到0世界。

在研究所充分吸收第35號世界的研究成果後，以ＩＰ膠囊執行選擇跳躍。

ＩＰ順利回到０００。

我一出膠囊，負責控制磁場的研究員馬上來低頭道歉。我告訴對方，自己事前已經知道會有這樣的風險仍然選擇參加實驗，而且結果沒有發生什麼意外，失敗的數據對研究來說也很有意義，所以請他抬起頭來。其實，現在也不是在意這種事情的時候。

和音在這個世界和我隸屬同一個研究團隊。圍繞在我身邊的研究員之中，當然也有和音的身影。這兩天，和音應該都和第35號世界的我在一起才對。

結束當天的工作之後，我與和音一起回到家裡。

兩人在我的房間裡面對面。

「總之，歡迎你回來。」

「嗯，我回來了。」

「怎麼樣？那個世界的我感覺如何？」

「沒什麼改變啊。還是不會喝酒，唱歌很好聽。」

「原來去了卡拉ＯＫ啊。」

「嗯。」

「我也久違地和『高崎』一起去了卡拉ＯＫ呢。」
「我想也是。」
我那時就覺得我們一定會做相同的選擇。而且和音似乎也抱著相同的想法，我們都輕輕笑了起來。
「妳和我聊了什麼？」
「神明會不會擲骰子之類的。」
「不錯啊，很符合我們現在的狀況。」
「那你和我聊了什麼？」
「波函數不會收斂之類的話題。」
「艾弗雷特的多世界詮釋？」
「是在聊我們的現在和未來。」
我用認真的表情這樣說，和音也收起笑容。
我們的現在和未來。這就是我與和音參加選擇跳躍實驗的原因。
我與和音結婚那天，如果其中一個人的ＩＰ改變，還能繼續辦婚禮嗎？
「……我還沒找到答案。」

「我已經找到了。」

「請告訴我。」

和音平常總是很嚴肅，很難想像她會露出尋求依靠的眼神，現在她正用這樣的眼神看著我。

我微笑面對和音。

「婚禮那天，我們把ＩＰ裝置拿下來吧。」

和音睜大眼睛。這個提議一定讓她很意外。

「如此一來，ＩＰ什麼的就和我們無關了。我們就以完整的人類個體之姿結婚吧！以前的人也都這樣做啊。」

「可是……這樣一來就不知道自己和誰結婚了。」

「當然是和我結婚啊。和音結婚的對象是我。」

「……我們結婚的對象也包含彼此的所有可能性。」

「包含可能性……？」

和音好像不能理解我的意思，皺著眉頭回問。恰巧和音在剛才說出不錯的詞彙，這時候正好可以派上用場。

「假設我是一顆骰子。在擲骰子的瞬間會分出六個世界。骰子上的一點，就代表與和音結婚的我。二到六點都是平行世界的我。到這裡沒問題嗎？」

「嗯……」

和音順從地點點頭。心靈脆弱的時候，和音就會變得很溫順。

「不過，和音不是和骰子上的一點結婚，而是和整顆骰子結婚喔。骰子只是一點朝上而已，二到六點都還在。應該是說，因為其他世界是二到六點，所以我才能與和音結婚。如果沒有其他點數，那一點也根本不會存在。」

和音的眼神澄澈，她靜靜聽我繼續說下去。

這個世界的我，只是我的一部分。我們不能只愛一個部分。

「所以，我們拿下ＩＰ裝置吧！我們要和整顆骰子結婚，而不是和骰子上的一點結婚。我們都要和對方的所有可能性結婚才行。」

「……和對方的所有可能性……」

我感覺到和音心中的不安，正在漸漸消失。

我與和音沒有選到的所有可能性，成全了我們的婚姻。

所以，我們就和所有可能性結婚吧！

「不過，如果當天發生遠距離移動，對方拒絕和自己結婚的話，那就中止吧！話說回來，自然發生這樣的移動不太可能就是了。」

「……如果是近距離呢？1或2之類的。這種情況的話，我就會和平行世界的曆結婚。這種情況很可能發生喔。」

「的確如此，但是近距離的話馬上就會回到原本的世界了。更何況如果是這麼近的世界，幾乎不會有什麼差異。和音會因為我頭髮剪短而不想和我結婚嗎？如果我開的車不一樣呢？」

「不會啊。」

「那就沒問題了。因為鄰近世界的我都選擇與和音結婚。」

「這個世界的我和隔壁世界的曆結婚也沒關係嗎？」

「那只是骰子的點數變了而已啊。一點的和音和二點的我結婚，只是這樣而已。兩顆骰子結婚這件事並不會改變。所以結婚的還是我和妳。」

「結婚的還是我和曆……」

從和音的表情可以看得出來，九成的烏雲都消散了。不過，剩下一成的不安，似乎怎麼樣都抹不去。

既然如此，能夠抹去最後這層不安的手帕，果然還是……

「和音。」

「嗯。」

「我想要愛和音的一切，所以我也希望和音能夠愛我的一切。」

「嗯……」

「我們結婚吧，和音。」

「……嗯。」和音流下一行淚。

我摘下和音的眼鏡，輕輕為她擦去淚痕。

＊

就這樣，我們決定和彼此的一切結婚。

中場休息

以我們在所內進行的臨床實驗結果為基礎，選擇跳躍的臨床實驗獲得正式批准，三年後便開始實際應用了。

這是因為同時在數個平行世界開始研究，且平行世界之間的資訊得以並列比較。也就是說，選擇跳躍使得平行世界宛如一種量子電腦。

因此，虛質科學獲得飛躍性的發展。而且甚至還得以成功觀測虛質粒子，實際應用在IP固定——通稱「IP Lock」等「控制平行世界間移動之技術」。

當然，選擇跳躍帶來的各種技術，正在加緊腳步制定法律規範。這些技術對犯罪者來說是絕佳利器，若遭到濫用後果不堪設想。假設犯人在某個世界犯罪，利用選擇跳躍逃到遙遠的平行世界並且鎖住IP，讓自己無法回到原本的世界。如此一來，犯人就可以輕鬆脫逃。像這樣把罪責推給平行世界的自己，一般稱為「IP冤獄」。

針對這一點，政府著手設計平行世界相關的幾條規範，以該規範為基礎在內閣府設立虛質技術廳。每個擁有虛質科學實驗設備的設施必須申報，使用ＩＰ膠囊等設備時也有義務保管並提出全程紀錄。另外，警察廳與檢察廳也設立專業部門，為避免ＩＰ冤獄而同步進行平行世界的犯罪搜查。在搜查、判決結束之前，須暫時鎖住事件相關人物的ＩＰ，使嫌犯無法移動到平行世界。

我任職的研究所在虛質技術廳設立時就已經成為獨立行政法人，而且換了一個很冗長的名稱——國立研究開發法人虛質科學研究所。同時，警察與檢察官、律師等不常見的人越來越常進出，對一直以來只專心於研究的我而言，增加了很多繁雜的工作。不過，我也因為這樣而加薪，讓家人不需要為錢煩心也很不錯。

此時，選擇跳躍和ＩＰ鎖定都還是和一般人無緣的技術，然而這些技術急速普及，不久之後就會開啟民間企業提供家庭用服務的時代。光是要追上持續進步的技術和不斷變化的價值觀，就足以讓人筋疲力盡。

話說回來，在這個價值觀大幅轉變的世界中，我與和音的新婚生活風平浪靜，過得很幸福。

雖然偶有摩擦，但是基本上感情十分融洽，每次媽媽看著我們羨慕地說「好好喔」的時候，我這個經歷父母離異的孩子實在不知道該怎麼回應。

這個世界就像是被潮流吞沒般地轉變，但自從那場實驗之後，我沒有再經歷遠距離移動，我們真的每天都過得非常安穩。

結婚第二年，我與和音的孩子終於誕生。和音生了個男孩。

我們幫兒子取名為「涼」。音同「良」，以水和家的象形文構成，我們希望他將來成為一股清流並建立一個好家庭。

若要說有什麼像樣的不滿，應該就是和音太過寵溺涼，甚至變得不太理我了。不過，嫉妒自己的兒子未免也太沒出息，所以我盡量假裝不在意。

然而，隨著涼漸漸懂事，和音溺愛的情況漸趨和緩，再加上同住的媽媽會幫忙照顧孩子，所以兩人在假日約會的機會就變多了。結果，現在反倒是涼認為我搶走了和音，所以經常跑來當電燈泡。

我半開玩笑地和兒子搶媽媽，和音在一旁苦笑。

雖然是一段平淡無奇的時光，但我覺得非常幸福。

接著，就在涼即將上小學的前一年……

我與和音面臨人生中最重大的事件。

第四章

壯年期

一月一日，元旦。

我過年想好好放鬆的願望，今年依然無法達成，一大早就被和音和涼叫醒，全家人一起去新春參拜。

我與和音每年都會一起來參拜，這次是第一次帶著涼一起來。和音說難得來，就順道去久違的宇佐神宮吧！宇佐神宮是在全日本擁有四萬座分社的八幡宮總本宮。每年都有數十萬人次來參拜，若想成為參拜香客之一，就必定會陷入地獄般的塞車潮中。這種慘痛經驗，我可不想再來一次。藉由不斷重申當時的疲勞、焦躁、膀胱快爆炸的回憶，讓和音想起當時的恐怖感，最後我們決定還是前往常去的稻荷神社就好。

話雖如此，該神社也是大型神社。我避開國道，悠哉地繞道走山路，抵達的時候參道上已經擠滿來參拜的香客。這裡似乎也是每年都有數萬名香客造訪的地方。第一次看到這麼多人擠在一起的涼，興奮地跳來跳去。

「爸爸！好多人喔！」

「對啊，好多人。涼，不可以放開手喔！」

「對啊。要牢牢牽住爸爸和媽媽的手喔！」

為了避免走散，我與和音把涼夾在中間，牢牢牽著手緩緩前進。我們穿越許多鳥居登上長長的階梯，經過好幾十分鐘才抵達拜殿。不過，這比起塞車一個小時以上輕鬆多了。

我們好不容易來到賽錢箱前，我拿出事先準備好的銅板。

「涼，搖一搖那個鈴鐺。」

「嗯！」

涼很開心地用力搖了搖鈴。接著，一家三口投入銅板，二鞠躬二拍手一鞠躬。努力模仿我們的涼，真的好可愛。

「爸爸許了什麼願？」

我之前告訴涼，等一下要去向神明許願。其實我們只是去新春參拜，不過這麼說也沒關係吧。雖然大家都說把願望告訴別人就不靈驗了，但我決定不去在意這點小事。

「爸爸許願，希望涼和媽媽、奶奶身體健康。」

「那媽媽呢？」

「一樣啊！希望涼和爸爸、奶奶身體健康。你呢？」

「我許願，希望晚餐是吃漢堡排喔！」

「又吃漢堡排？涼真的很喜歡吃漢堡排呢。」

我也喜歡吃和音做的漢堡排，但是每個禮拜一定要吃一次以上就太過火了。儘管和音有用其他菜色或者用改良的方式保持營養均衡，但是如果不慢慢改掉這種溺愛的習慣的話……我心裡雖然這麼想，但實際上也無法採取強硬的態度。

「媽媽，那是什麼？」

「那是甜酒。涼沒有喝過嗎？」

「沒有！」

「這樣啊。曆，要給他喝喝看嗎？」

「小孩子可以喝甜酒嗎？」

我們向神社裡的巫女確認過後，分到孩子也能喝的甜酒。不過，很可惜的是涼好像不太喜歡。他舔了一小口，臉就皺成一團。

順利結束參拜，離開神社回程時一路順暢。我們沿著內參道往下走，看到來時因為人潮而淹沒的路邊攤，當然涼也一副很有興趣的樣子，剛好現在有點餓了。

「和音，要吃點什麼嗎？」

「說得也是……涼，你肚子餓了嗎？」

「嗯。」

「那我們就吃點小東西吧！」

因為和音點了頭，所以我開始到處看有什麼好吃。路邊攤的食物有些地方會特別貴，挑選的時候要小心才行。我放開涼的手，停下腳步確認錢包裡有多少現金。涼拉著和音的手往攤販的方向走去。

此時，參道上出現騷動。

剛開始只是有點吵雜而已。我的視線不知不覺地往那個方向看，心想不知道發生什麼事。原本很有秩序的人潮突然亂成一團，大家都往同一個方向看。那好像就是人潮的正中央，從這裡完全看不到發生什麼事。

接著，突然傳出怒吼。

男人的怒吼聲和女性的尖叫聲重疊，人潮瞬間向外擴散。

狹窄的參道上，彼此推擠的人們像推骨牌似地倒下，躲過一劫的人往攤販廣場逃竄。接著，從破碎的人潮縫隙中，竄出一名男子——應該是男的，對方戴著口罩和太陽眼鏡，所以看不太清楚。

他右手拿著一把沾染不明紅色液體的刀子。

男子發出怪吼，一邊揮動刀刃一邊朝這裡跑來。

赤裸裸的癲狂，使和平的元旦瞬間變成地獄。我四處尋找剛才放開手的涼與和音。

下一刻，我的心臟差點就停止跳動。

男子奔跑的方向，正朝著和音與涼。

男子的怪吼聲越來越大。我想他大概是喊著「閃開」，我聽不懂他在說什麼，而且也沒心思理會。

人們的慘叫聲、男子的怒吼、蹲著抱緊涼的和音、刀刃、紅色液體、動彈不得、恐懼、混亂、憤怒。涼、和音！

我一心一意地奔跑，從旁一腳踢飛那名持刀的男子。

＊

新年一開始就發生襲擊香客的悲劇。雖然無人死亡，但仍有數名受害者，這起隨機傷人事件被媒體大幅報導，大家都像事前約好似地，將這件事處理成社會的黑暗面或虛構作品中的暴力情節出現在真實世界。然而，對於實際上受害的我們而言，犯人供稱「殺誰都無所謂」的事實比起這些更讓我們打從心底感到恐懼。雖然本來就知道和其他國家相比算是比較和平的日本仍然會發生這種事，但我從未想過會發生在自己身上。

這起事件中無人死亡，可以說是不幸中的大幸。和音與涼也沒有受傷。當時，我突然飛踢犯人之後，周圍的男性一起制伏他，也直接報了警，所以我並沒有受傷。我們不想再跟這件事情有牽扯，所以在警察抵達之前就離開了。

在開車回家的路上，和音一直緊緊抱著涼。涼似乎不知道自己曾經身置險境，還傻傻地說：「嚇我一跳！」比起心靈留下創傷，這樣或許比較好。

回到家時，新聞已經在報導這件事，媽媽一臉擔心地趕來關心。

「啊，你們終於回來了！有沒有人受傷？」

「媽，沒事。我們離案發現場很遠。」

「涼也沒事，不必擔心。」我們為了不讓媽媽擔心，所以事先說好就告訴她我們在遠處發現騷動，在事情鬧大之前就回來了。媽媽要是知道我飛踢犯人，有可能會暈倒。

當天晚上——

和音要我在寢室內正坐。

「你要先賞還是先罰？」

這是和音生氣的時候，告訴我接下來要開始訓話的開場白。這種時候不可能逃得掉。所以我平常都會選擇先被罵，至少罵完之後她會溫柔一點，我多少也可以有一點安慰。

「……先罰好了。」

「很好。我說你啊，飛踢手上拿著刀子的人，太危險了。你運動神經那麼差，難道一點自覺都沒有嗎？你以後盡量不要做這種危險的事。如果你有什麼萬一，最可憐的會是涼啊！」

涼出生之後，和音就變了。她最重要的人，大概變成涼了。身為喜歡和音的男人，心情雖然很複雜，但是身為涼的父親，其實非常開心。

所以，我也不與她爭辯。「如果不那麼做的話，他們兩人會很危險」這只不過是藉口。我沒有在確保自身安全的情況下，守護好涼與和音。畢竟身為一個父親，這才是唯一正確的做法。「嗯，對不起。」

「你有好好反省嗎？」

「有。」

「以後不會再做危險的事情了吧？」

可是我沒辦法答應這件事。雖然我不是什麼英雄，但是下次如果出現一樣的情況，我還是會做危險的事。

「……我會努力。」

和音無言的視線，銳利地刺向這樣回答的我。

我與和音持續漫長的沉默。我們一起度過了無數個像這樣沉默的夜晚。因為彼此太過坦承，所以反而開不了口的夜晚。

然而，我們已經都三十歲了。

和音輕嘆一口氣之後，氣氛馬上就和緩下來。

「懲罰結束了。接下來是獎賞。」

話還沒說完，和音就來擁抱維持正坐姿勢的我。

「謝謝你來救我。很帥氣喔。」

「不客氣。有再度愛上我嗎？」

「嗯。我以前有說過啊。」

「說什麼？」

「我喜歡的是會飛踢壞人、英雄救美的男生。」

「啊，好懷念喔。」

「是不是覺得心情好像變年輕了？」

「……要不要久違的來穿個高中制服？」

「你這個笨蛋。」

這罵人的聲音就像她緊貼著我的嘴唇一樣，非常柔軟。

＊

然而，那起平安落幕的事件，仍然在和音心中留下傷痕。

我們的年假到一月三日，照顧涼的托兒中心也一樣。原本預定從四日開始送涼去托兒中心，我們夫妻也開始上班。

然而……

和音非常排斥離開涼的身邊。「不用這麼擔心，沒問題的。」

「可是，如果再捲入那種意外的話……」

無論我怎麼說，和音只會這樣回嘴，完全不打算離開涼。

或許她有這種反應也是理所當然。我只是從旁看到事情發生，而和音卻直接面對手持沾血刀刃的隨機殺人犯。一個不小心，和音或者涼都會成為刀下亡魂。所以我也不是不能理解，和音過度擔心涼可能會再遭遇相同危險的心情。

因此，我聯絡研究所和托兒中心，決定在和音情緒穩定前，讓涼和她一起再休息幾天。和音是個聰明人，就算現在一時混亂，過二、三天一定會好轉。

「和音，我已經聯絡托兒中心和研究所了。妳可以和涼一起多休息幾天。」

「嗯……曆，抱歉，謝謝你。」

和音說完，無力地笑了笑。我覺得沒能讓和音安心的自己很沒用，所以心想至少要連和音的份一起努力工作，每天竭盡全力做好為人夫、為人父的份內之事。

在那之後，過了兩天、三天、四天——甚至過了一個禮拜，和音都沒打算離開涼的身邊。

休假時，我和媽媽一起看電視。和音好像在涼的房間，和涼一起玩遊戲。媽媽說和音這幾天都像這樣，片刻也不離開涼。不過，和音還是有認真做家事，因為涼也跟在身邊，所以涼也學會幫忙做家事。雖然這樣也很好，不過媽媽接著說：

「涼已經沒事了。他會想去外面玩，整個人活力充沛。不過和音啊……我看著都擔心呢。雖然發生過那種事情，會這樣也無可厚非，但是她會不會太鑽牛角尖了？」

媽媽不知道和音與涼當時就是隨機殺人犯的目標。我為了不讓媽媽瞎操心，所以騙她我們沒有捲入那場意外。因此，媽媽更會覺得和音現在的舉動很誇張。

「之前她在做飯的時候還被菜刀割傷了……是不是帶她去做一下心理諮商比較好呢……」

幾天前，我下班回家時，和音的左手腕包著繃帶。正如媽媽所說，和音似乎在做飯時不小心沒拿好菜刀，傷口切得比較深。直到現在都沒拆掉繃帶，可見傷口真的很嚴重。如果又發生類似的事情，可能會受更嚴重的傷。而且，受傷的人可能是涼而不是和音。如果變成這樣的話，就是本末倒置了。
然而，這時候突然要和音去做心理諮商，感覺會把和音逼到絕境，所以我也不想這麼做。因此，我決定好好再和她商量一次。畢竟我本來就打算在今天休假時這麼做。
我告訴媽媽我們要談談，然後就走向涼的房間。
「涼，就是現在！在那裡！衝啊！」
「媽媽好煩喔！」
房間裡傳來和音與涼活力充沛的聲音。光聽兩個人玩在一起的聲音，就覺得已經沒什麼問題了。
「我進來了喔——」
我還是先打了聲招呼才走進房間。涼戴著ＨＭＤ（Head Mount Display，頭戴式顯示器）認真玩著虛擬實境的遊戲，和音在旁邊幫他加油。外接螢幕上顯示他正在玩踢足球的遊戲。
「曆，怎麼了？」
「嗯，我有事想和妳聊聊。」

「什麼事？」

「去我們的房間說吧！」

「不能在這裡談嗎？」

「我想單獨兩個人談。」

「可是……」

和音瞄了涼一眼。涼看起來一點也不在意聽不聽得到我們的對話，繼續專心玩遊戲。

「涼，遊戲暫停一下。」

我看準遊戲告一段落的時間點，拍拍涼的肩膀。涼脫下顯示器，疑惑地看著我。

「爸爸有話要和媽媽說。虛擬實境的遊戲先玩到這裡。」

「咦……」

涼嘟起嘴巴。我們家規定小孩不能自己一個人玩虛擬實境的遊戲。因為虛擬實境的遊戲會讓人專注於３Ｄ的世界，身體難免會動起來，所以經常發生跌倒傷及後腦勺等意外。和音大概是在擔心這一點吧。

「用一般電視也可以玩吧。」

「可是用電視畫面很難玩啊！」這就是所謂的時代進步。我還小的時候，虛擬實境還是有錢人的享受。結果在那之後經過十幾年，虛擬實境已經變成聖誕節送給孩子的禮物當中排名第一名的玩具，現在說到玩遊戲，基本上都是指虛擬實境了。普通的定義會隨環境改變，用電視畫面玩遊戲，對現在的孩子而言已經不普通了。不過，遊戲再怎麼進步，也比不上虛質科學一鼓作氣改變了過去世界上認為普通的概念。

「總之，ＨＭＤ暫時沒收。我們談完就還給你。要出去的話，必須先告訴我們喔。」

「知道啦——」

涼雖然一臉不滿，但還是乖乖地點頭。看到他的表現，心想自己算是有好好教育他，這一點讓我覺得安心。

「涼，要小心喔。不可以做危險的事情喔！」

「媽媽最近真的好煩！」

「這是為了你好。因為真的很危險啊！」

和音的擔心不被當回事，讓她的語調顯得越發激動。和音以前從來沒有這樣過。涼不滿的表情中，還帶著一點害怕的神色。

「哎呀，媽媽真的有點囉嗦耶。涼沒問題的，對吧？你不會做危險的事啊。」

我刻意用開玩笑的口吻這樣說，然後撥亂涼的頭髮。我不想因為這種事，讓涼害怕和音。

「來，媽媽剛才大聲說話，也要學河馬道歉才行。」

「……我才不是河馬……是大象。涼，對不起。」

「是犀牛啦！」

不愧是我兒子，連吐槽都吐得很漂亮。不過，和音也配合得很好就是了。三人和睦地相視而笑後，我與和音走向自己的寢室。

＊

然而，兩人回到寢室面對面時，剛才那一點笑容頓時消失無蹤。

「和音。」

「……我知道你要說什麼。」

「我也了解妳的心情。我知道妳真的非常愛涼，所以才會擔心涼可能遭遇不測……但我反對因為過度擔心而束縛涼。」

「……」

「我知道的確有風險。遇到像新年時那樣的事件，機率其實很低，但我們還是碰上了。如此想來，大門不出二門不邁，一直一起待在家裡，或許比較安全，但是……」

「……」

「但是……即便如此，我還是覺得在外面的世界生活，值得我們承擔這樣的風險。我們大家都是這樣過日子的。如果我因為害怕遇上交通事故而一直把自己關在家裡，那就無法與和音相遇了。涼也不會出生。我們不能從涼身上奪走他可能得到的莫大幸福。」

這幾天我一直反覆思考該怎麼對和音說這件事。我不想傷害和音，但是看現在的狀況，勢必得做點什麼才行。

因此，我決定用這樣下去可能會失去莫大幸福的論點來說服和音。她和我一樣，不，應該是說她比我還希望涼能過得幸福。因為和音深愛著涼，所以這份心意她一定能了解。

然而……

「……可是，這種事情……」

和音的聲音和肩膀，都在顫抖。

「這種事情的前提是要活著吧……？你說的這些我都知道啊！我們的幸福當然值得擔負這些風險。我也這樣想啊！可是……我們會這樣想，是因為我和曆都活著啊！」和音顫抖的幅度越來越大。

我原本自認很了解和音的心情，難道其實我根本一點也不了解嗎？

我的確不像和音那麼真切地思考死亡的風險，或許那是因為我成功拯救了涼。說實話，那件事讓我產生了一點自信。如果下次再發生這樣的事，我一定能保護他……我心裡產生了這種毫無憑據的自信，但在和音的眼中看來可能是我太掉以輕心。

「那是因為你一直抽到百分之九十九會中的好籤才會這樣說……如果你抽到百分之一的壞籤呢？一百個人當中一定會有一個人抽中壞籤啊！既然如此，

選擇一直都不抽籤有什麼不對嗎？」

「……從機率上來考量的話，因為怕抽到百分之一的壞籤而放棄百分之九十九的好籤，豈不是太浪費……」

「所以我說那是因為你這傢伙沒有抽到壞籤，才能講這種話啊！」

和音用雙手抓起我的衣領。

我隔著眼鏡鏡片，看到那個稱呼我為「你這個傢伙」的和音眼裡湧出淚水。她的雙眼就像是看到絕望般地充滿黑暗。太奇怪了。再怎麼說，這種情況也太不對勁。

為什麼和音會對那百分之一的壞籤如此恐懼？

「那是因為你這傢伙沒有抽到壞籤，才能講這種話啊！」

這種說法，彷彿就像是自己抽到壞籤一樣——

此時，我突然想到……

為什麼呢？我的視線被和音左手腕上的白色繃帶吸引。

和音好像是在五天前受傷的。我下班回家之後，突然看到她手上纏著繃帶所以嚇了一跳。她好像是自己用右手纏繃帶的，所以包紮得不是很好看。沒錯，剛好就像現在這樣——應該是說，繃帶至今也維持相同的形狀。
五天前受傷，所以纏上繃帶。
從那之後一直到今天，都沒有換過繃帶嗎？
可能會有這種事嗎？
「和音。」
我拉起和音的左手腕。
「……啊！不要……」
和音扭動身體，想甩開我的手。不過，我畢竟還是男人，力氣比和音大。
我硬把手腕拉過來並且拆開繃帶。
繃帶下一點傷痕也沒有。
「……」
纖細手腕的抵抗力道瞬間消失。和音垂著頭，什麼也不說。
我開始思考……
沒有受傷，卻纏著繃帶。到底為什麼這麼做？她想隱瞞什麼？到底是什麼？和音平常戴在左手腕的東西，是什麼？

「和音，妳的ＩＰ裝置呢？」
和音彷彿已經死心，誠實地指向梳妝檯的抽屜。
我拿出藏在抽屜裡的ＩＰ裝置，戴在和音的左手腕上。
打開電源確認ＩＰ，發現……
上面顯示的數值為——０１３。
「……什麼時候的事？」
「……一個禮拜前。」
一個禮拜前。剛好是寒假結束，和音開始過度擔心涼的時候。
從那個時候開始，和音就移動到第13號世界了。執意不離開涼的人，其實是第13號世界的和音。和音怕事跡敗露，所以假裝受傷把左手腕包紮起來，以便拆下ＩＰ裝置。然後，就這樣整個禮拜都和涼待在一起。
為什麼要這麼做？
「那是因為你這傢伙沒有抽到壞籤，才能講這種話啊！」
答案只有一個。
「和音，該不會是妳那邊的世界……」

「……沒錯。」

我不想聽。雖然我真的不想聽……

「在我的世界……那天涼被殺人犯刺傷……就這樣死了！」

和音流下眼淚。

大概是不想讓這個世界的涼聽到吧！和音雖然壓低聲音，但還是喊了出來。用只有我聽得到的聲音，發出彷彿憎恨著全世界的悲嘆。

和音的身體雖然劇烈顫抖，但還是咬著牙壓低哭聲。從她齒縫中傳出的細微悲鳴，撼動著我的心。我什麼都沒說，只能怔怔地盯著她的後腦勺。

「太卑鄙了……明明只差13差個世界……這裡的涼卻還活著……還能活力充沛地玩遊戲！」

我現在非常後悔剛才對和音說「我懂」。

我根本就不懂。因為我根本不可能懂。

我說的那些話，都是因為涼還活著所以才成立。

如果，在我的世界裡，涼在我眼前被刺殺身亡……

我絕對說不出那樣的話。

實際上遇到這種情形的和音，大概是用選擇跳躍來到這裡。為了否定涼已經死亡的世界，她選擇來到涼還活著的世界。

結果——

對了。

我現在才想到，對了，如果第13號世界的和音在這裡，就表示……

這個世界的和音，現在在涼已經死亡的第13號世界！

「和音！」

或許是知道我呼喚的人不是她，眼前的和音並沒有回應我。我深呼吸一大口氣，把手搭在和音的肩上說：「和音……妳是用選擇跳躍過來的嗎？」

和音默默點頭。

「為什麼？」我盡可能溫柔地問。

和音遲遲不回答，但我也不催她。我絕對不能責備和音的行為。我不想再繼續傷害和音了。如果這個世界的和音是骰子的一點，那現在我眼前的和音就是骰子的六點。無論幾點都是同一顆骰子。我當初已經決定要愛整顆骰子、愛和音的一切。

「……我……」

終於，和音輕輕開口。

我輕撫她的頭，用幾乎聽不到的聲音，悄聲告訴她：沒事的。

「我太想見他了。」

嗯。

「再一次也好……我好想見涼一面！」

和音只能忍耐到這裡了。

拿下眼鏡的和音，擦著不停流下的淚水，開始放聲大哭。涼和媽媽應該都聽到了。但是，我真的沒辦法說出「別哭了」這種話。我只能抱緊像個孩子般放聲大哭、渾身顫抖的和音並輕撫她的背。

接著，我開始思考，接下來該怎麼做。

我就算是撕破嘴也沒辦法要求這個和音趕快回去原來的世界。

話雖如此，現在和音一定在那個沒有涼的世界傷心哭泣，我也不能放任不管。

越近的世界平行跳躍的次數就越頻繁，而且馬上就能回到原本的世界。反之，越遠的世界移動的機率越低，相對的移動之後就比較難回到原本的世界。

第13號世界的話，說近不近，說遠也不算太遠。我想就算放著不管，應該也會自然而地回去。

「媽媽？」

此時，房間門被打開，涼一臉戰戰兢兢的樣子。

「爸爸……媽媽……怎麼了？」

聽到涼的聲音，和音抓著我的雙手瞬間加大力道。

我為了讓她放心，輕撫她的手並且對涼說：

「啊，媽媽她啊，肚子很痛呢！涼可以來幫媽媽揉一揉嗎？」

「肚子？很痛嗎？」

涼小跑步趕來，一屁股坐在和音身邊，把手伸向她的腹部。

「媽媽，妳還好嗎？」

「涼……」和音抬起布滿淚水的臉，輕撫涼的頭。

「謝謝你……涼真是個溫柔的好孩子呢。」

「媽媽，不要哭。媽媽妳聽我說，這樣做肚子就不會痛了喔！」

涼因為受到和音影響，差點要跟著哭出來，但是仍然用手掌貼著和音的腹部輕輕撫摸。每次涼肚子痛的時候，和音都會這樣做。

「怎麼樣？舒服嗎？」

「嗯……嗯……涼，謝謝你……」

我看著和音擦著眼淚，微笑面對涼，便悄悄離開房間。一方面是想讓他們母子單獨相處，一方面是想到媽媽一定很擔心我們，得讓她放心才行。

「媽。」

一回到客廳，發現媽媽沒有打開電視，只是恍惚地坐在沙發上。

「啊，曆……和音還好嗎？」

「嗯，已經沒事了。現在涼陪著她。」

雖然我這麼說，但是我已經搞不清楚到底怎麼樣才算「沒事」了。

「這樣啊……那個，曆……」

媽媽正想對我說些什麼的時候，下一個瞬間我的裝置就顯示有來電。我不知所措地看著媽媽，她輕笑著伸出手掌對我說「接吧」。我決定先確認來電對象是誰。

「是爸……？媽，抱歉。喂？」

「啊，曆。現在方便講電話嗎？」

「嗯，什麼事？」

「抱歉，你現在能馬上帶和音一起來研究所嗎？」

「現在馬上嗎？和音也要一起？發生什麼事了？」

虛質科學研究所的運作是全年無休的，休假採輪班制。因此，如果有什麼事情，休假日也經常會像這樣被呼叫。然而，這次爸爸的聲音明顯和以往的氣氛不同。

「啊，其實是這樣的……」

爸爸說的事情，完全出乎我的意料之外。

＊

我拜託媽媽照顧涼，想辦法說服和音一起前往研究所，我們到的時候爸爸和佐藤所長已經等在那裡了。

爸爸在電話中說，我與和音的ＩＰ都被鎖住了。

通常只有被捲入某種犯罪的時候，才會在本人沒有意願的狀態下鎖住

ＩＰ。我能想到的事情只有新年的殺人魔事件，但犯人已經遭到逮捕並結案了。至少除此之外我已經想不到別的可能了。

我追問爸爸到底怎麼回事，但是爸爸說詳情見面再談，所以我們才來到這裡。四個人一起進入完全隔音、遮蔽訊號的會議室並鎖上門之後，爸爸才告訴我事情的始末。

「簡單來說，平行世界的你與和音是殺人事件的重要關係人。」

「……殺人？」

這個詞彙出現得太突然了。我與和音都睜大眼睛。

「今天早上，警察來這裡提供了一份資料。你們兩個人的ＩＰ鎖定是在昨天晚上強制執行的。事情大約發生在前天晚上。ＳＩＰ的相對值為22正負10。一般來說，應該是和你們兩個沒有直接相關的數值。

所謂的ＳＩＰ，正式名稱為「史瓦西跳躍ＩＰ」，指的是在平行世界發生某現象時，會發生相同現象的世界範圍。22正負10，表示這個世界的ＩＰ為0時，發生現象的所有平行世界之相對中心為ＩＰ22，會發生相同現象的平行世界範圍為ＩＰ12到32。只要ＳＩＰ的數值當中不包含0，基本上就和自己的世界沒有關係。這次的狀況是12到32。也就是說，應該和這個世界沒有直接關係才對，不過……

爸爸說到「不過」就停住了。我知道原因是什麼。

「我們在相同的ＳＩＰ範圍內，發現未批准的選擇跳躍紀錄。移動距離是13，移動對象是妳，和音。」

「……是我。」

沒錯。現在這裡的和音是ＩＰ13。剛好進入ＳＩＰ範圍。如此一來，至少不能說事件和這個和音完全無關了。

「在你們來之前，能收集的資料都收集了。事件發生在前天晚上，大約八點到十一點之間。每個平行世界的案發現場多少有點不同。你們看這張地圖。」

爸爸說完，攤開現在看來已經過時的紙本地圖。那是我居住區域的詳細地圖，其中有數個地點標上記號和數字。

「這是每個平行世界的案發現場。」

我開始一一瀏覽。有些在建築物中，有些在巷子、公園裡，要說有什麼共通點，就是這些地方都離我家不遠。

——應該是說……

「這個地點沒標錯嗎？」

我指著地圖上標註的建築物，向爸爸確認。爸爸苦著一張臉，緩緩地點了頭。

「嗯，已經確認過好幾次，地點沒有錯，就是你現在住的房子。」

沒錯。在平行世界，我家就是殺人事件的案發地點。

「怎麼可能……不過，為什麼會……」

「看到受害者可能就會明白了。」

接著，爸爸拿出來的資料，應該就是這起事件的受害者簡歷，上面還附有照片。那是一位四十幾歲的女性，總之我對這個人沒有印象。連名字都沒有聽過，但是……

「……這個名字，該不會是……」

「沒錯，新年的那起隨機殺人事件。她是犯人的妻子。」

一條條我不希望有關聯的線索，都串聯起來了。

「這個世界沒有人死亡，但是在距離20左右的世界……涼似乎被殺死了。

當然，那個世界對這起事件的報導也遠多過這裡。你們家也數度在媒體上曝光，犯人的妻子因此得知地點。據說她在前天晚上，一個人到你們家去謝罪。結果……」

結果被殺了。

了解上述幾個條件，就知道為什麼我們的嫌疑最大了。

在不怎麼遠的平行世界裡，我與和音的孩子被隨機殺人犯殺害。

該世界的ＳＩＰ範圍內都發生了殺人事件，受害者為殺人犯之妻，案發現場在我家。如此想來，這起事件嫌疑最大的人就是——

「警察現在似乎認為和音是嫌疑最大的人。」

「和音？怎麼會？」

我的預測朝最糟糕的方向發展。如果是這種狀況的話，最有嫌疑的人應該是我才對。畢竟，在發生事件範圍內的和音，應該都是從幾乎沒有發生任何意外的世界，移動到發生這起事件的世界。也就是說，她們都來自涼沒有遭到殺害的世界。更明確地說，就是沒有動機。

而且，這次移動也非主動而是被動。執行選擇跳躍的和音來自發生事件的世界，她應該是因為涼被殺害太過傷心而選擇移動。所以這個世界的和音，只是無辜受牽連而已。

「這未免也太奇怪了吧！和音是被強制移動的，她根本沒有殺人的動機啊！既然如此，嫌疑更大的應該是……」

我吞下差點說出口的那句話。

太危險了。這可不是趁勢就能隨便說出口的話。犯下殺人案的和音，藉著平行移動逃到這個世界比較合理……這種話我怎麼能說得出口。

「冷靜一點。和音最有嫌疑，當然有其理由。其一是案件發生在移動之後，除此之外更重要的是不在場證明。」

「不在場證明？只有和音沒有不在場證明嗎？」

「相反。幾乎所有世界都只有和音有不在場證明。不過，調查之後大部分的不在場證明都被推翻了。」

怎麼回事。如此一來，不就像是……像是和音捏造了不在場證明嗎？

「和音的不在場證明，在每個世界大部分都是由你作證。不過警察不會相信親人的證詞。因此一開始就抱著懷疑調查，結果一一發現你為和音捏造不在場證明的痕跡。」

「……怎麼會……」

也就是說，以目前的情況看來，應該是——

平行世界的涼被殺害，過度傷心的和音移動到涼沒有被殺害的這個世界。

相對地移動到那個世界的和音，得知涼被殺害，而且犯人之妻在幾天後的晚上來訪。

然後，和音就殺了她。

那個世界的我為了包庇和音，捏造了不在場證明。

然而，警察發現捏造的證據，結果使得和音成為嫌疑最大的人。

「怎麼……怎麼會有這種事！」

我不自覺地用力拍桌。

「和音不可能是犯人！和音沒有動機！明明和音她……」

涼在這個世界沒有被殺害啊！

這句話，我真的沒辦法在和音面前說出口。

「愛茵茲瓦之門。」

——我不知道是誰說了這句話。

「所長？」

因為爸爸的喃喃自語，我才知道發言的人是佐藤所長。不過，所長剛才說了什麼？愛茵茲瓦？

「只要穿過那扇門，無論是多麼善良的人、多麼天真的孩子，都會變成殺人魔。幾十年前有作家說過，世界上有這樣的門存在。」

剛才看似一直對我們的談話內容興趣缺缺，在一旁無聊發呆的所長突然發言。她到底在說什麼呢？

愛茵茲瓦之門？穿過門的人都會變成殺人魔？所以她的意思是和音穿過那扇門嗎？太愚蠢了，這怎麼可能。和音怎麼可能會這樣突然改變。

所長瞬間抬起頭，茫然的眼神緩緩地穿過我。

「……總之，先解除ＩＰ鎖定把和音帶回來吧！這件事還是要問和音本人。」

「曆，你應該知道吧！沒有警察批准，不能解除鎖定。」

「只是規定不能這麼做，不代表做不到啊！」

「身為所長，我不能允許你這樣做。會帶來很多麻煩的。」

……所長和爸爸是實質掌握這間研究所的兩位大人物，他們反對的話就不可能解除鎖定。可是，我該怎麼辦才好呢？

「總之，你先休假一陣子沒關係。一有消息我就會馬上告訴你。所以，你就先安心等著。」

安心？這種狀況，我怎麼安心？

然而，我也無計可施，只好影印所有警察提供的資料帶回家。

我想著0世界的和音，也想著第13號世界的和音。

兩個人我都想守護，但又無法周全。

＊

直到深夜，我都無法入眠。

第13號世界的和音，在一週前移動到這個世界。案發時，第13號世界的和音已經在這裡。也就是說，第13號世界的和音不可能是犯人。警察應該已經徹底調查過選擇跳躍的紀錄才對。這是不可動搖的事實。然而，我當時卻一時激動，瞬間懷疑了第13號世界的和音。真是不可饒恕。我一直後悔，那時不應該脫口而出這種話。

總之，第13號世界的和音不是犯人。那麼下一個嫌疑人就是第13號世界的我。第13號世界的涼慘遭殺害，所以我有充分的殺人動機。

不過，如果我是犯人，為什麼要幫和音捏造不在場證明？

有一種可能是我從狀況判斷和音被警方懷疑，為了不讓和音蒙冤而捏造不在場證明。然而，根據警方的資料，第13號世界的我否認犯案。如果我想保護和音，最好的方法應該是捏造不在場證明再加上自首。

然而，我卻主張犯人是除了我與和音之外的第三人。

在第13號世界，我們一家因為在隨機殺人事件中受害而聞名。因此我主張有人來看熱鬧，結果偶遇來謝罪的殺人犯之妻並且在正義感的驅使下犯案。

——雖然也不是不可能，但這種說法未免太牽強。如此一來，更讓人覺得是在包庇某個人。

我會包庇的人……想來想去也只有和音。

然而，我怎麼想都不覺得0世界的和音會是犯人。

我在隨機殺人事件中飛踢犯人的那個晚上，和音對我說過，如果我有什麼萬一，最可憐的人就是涼。

和音是最為涼著想的人。涼還在0世界，我怎麼想都不覺得和音會在平行世界殺人，導致自己回不來。

既然如此，只剩下一種可能。排除這一點，就能說明所有不自然的情況。第13號世界的我，刻意讓大家懷疑0世界的和音。

只要這樣想，就能說明所有不自然的情況。

「曆。」

和音輕聲呼喚我。

我一回頭，本來應該已經入睡的和音用擔心的眼神看著我。

「你在做什麼？還不睡嗎？」

「我睡不著。」

「……你還在想那起案件嗎？」

和音邊說邊靠過來坐下，把腳伸進暖桌裡。

她就這樣默默地看著我，我開口說：

「我怎麼想都不覺得和音是犯人。不過，如果我是犯人的話……我只想到，這些行為是在嫁禍給和音。無論在哪個世界，我都不認為自己會對和音做這種事。」

不覺得、不認為……

我的思考都止步於這種情感論。

「嗯。我也不認為曆會做這種事。曆對我說過，他會連我所有可能性都愛。所以，我相信他不會對這個世界的我做這麼過分的事。」

啊，這是我對和音說過的話。果然，平行世界的我還是我。

「……況且……」

和音一臉憂愁地欲言又止。

「……我……」

她一直說不出下文。我也不勉強催促她，靜靜等著和音開口。

終於，和音開口了。

「說不定是……是我……殺的。」

我心想她在說什麼啊！

她說得也沒錯。第13號世界的涼被殺了。所以，如果是這個和音的話，可能會犯下殺人案。但是……

「妳絕對不可能殺人。我很清楚。妳從一週前就在這個世界，不可能犯下兩天前的殺人案。」

「不對。不是這樣的……」

不是這樣，那是怎麼樣？可能是我殺的……對了！她是想說0世界的和音沒有動機，所以不可能殺人嗎？

「如果，我是0世界的人……移動到第13號世界，發現涼被殺了……光是這樣，我可能就會殺人了……」

……她在說什麼？

她的意思是說，從涼還活著的世界移動到涼被殺害的世界，光是這樣就有動機了嗎？

這也就是說，也就是說……

「……妳是說犯人是和音？」

「不是。不是這樣……只是，或許有……可能……」

我的頭腦一片空白。

接著，又變得通紅。

別開玩笑了。那麼溫柔的和音，怎麼可能殺人。

我不應該認真聽她說這些鬼話。太過分了。

這個和音、第13號世界的和音，根本就不了解0世界的和音。

孩子被殺害的第13號世界的和音，怎麼可能了解孩子還活著的0世界的和音。

為什麼她會說這種話，她明明就是其他世界的和音啊。

況且……她為什麼要來我的世界。

我們過得很幸福。過得很幸福啊！

然而，不知不覺間和音從涼被殺害的世界移動過來，使得這個世界的和音被懷疑，IP也被鎖住了。

如果和音的嫌疑一直無法洗清，事情會變得如何？0世界的和音會在第13個世界被逮捕，IP會繼續鎖住回不來，那麼第13號世界的和音還能以涼的母親的身分幸福地生活下去嗎？

開什麼玩笑。

為什麼突然從平行世界跑來的和音，要奪走和音、奪走我們的幸福呢——

此時……

我發現第13號世界的和音，以非常悲傷的眼神看著我。

接著，我渾身冒出冷汗。

我……我現在對和音產生了什麼想法？

要愛她所有的可能性。不只是骰子上的點數，而是和整個骰子結婚，我們曾經許下這樣的諾言，然而我剛才是不是萌生了非常過分的念頭？

我剛才是不是用非常醜陋的表情瞪著和音？

我滿腦子只想著0世界的和音，完全沒有顧慮第13號世界的和音的心情。

我忘了自己的誓言——

「啊……」

——就是這樣踐踏過去誓言、自我本位的憤怒……

「該不會……」

腦海突然閃過一個想法。

平行跳躍。

選擇跳躍。

0世界和第13號世界的和音。

IP鎖定。

殺人事件。

平行世界的我。

連所有可能性都愛的誓言。

沒有信守誓言的我。

「和音。」

「嗯？」

「對不起。」

我只能道歉。

「為什麼要道歉？」

和音一臉不可思議地問我。為什麼……

因為我已經發現了。發現非常自私的真相。

「我知道犯人是誰了。」

＊

——一週後。

和音的ＩＰ已經解鎖，可以在選擇性跳躍之下回到原本的世界，所以我們都在研究所的移動室集合。

ＩＰ膠囊中躺著第13號世界的和音。在那之後的一週，和音都沒有上班，一直和涼在一起。不過，她已經有所覺悟，知道自己過不久就要回去了。因此，我也沒有怪她。我已經找回對第13號世界的和音應有的體貼，而且我也不認為自己有怪罪她的資格。

「一切都像曆說的那樣呢。」

膠囊關閉之前，和音這樣對我說。

已經知道犯人是誰了。警察將我提供的資訊串聯，昨天平行世界也傳來逮捕到真兇的消息。

真兇當然就是平行世界的我。第13號世界的高崎曆。

真正的案發經過是這樣的：

涼在平行世界遭到殺害，過度悲傷的和音，移動到涼還活著的世界。

隨之交換移動到那個世界的和音，得知涼已經被殺害。

數日後的晚上，犯人之妻為了謝罪而來到我家。

此時，我是當下馬上動手，還是先把人趕走再追上，每個平行世界都有微妙的差異。

總之，平行世界的我，殺害了殺人犯之妻。

第13號世界的我，竟然想到這個方法。

只要殺了這個女人，再將罪責嫁禍給0世界的和音，警察就會鎖住和音的IP。

如此一來，第13號世界的和音就不能用選擇跳躍的方式回來，至少在事件解決之前，可以一直在涼還活著的世界幸福地生活。

因此，第13號世界的我，只捏造了和音的不在場證明，而且刻意捏造成稍微調查一下就會馬上被發現的樣子。

這些捏造的證據一如預期被警方發現，結果變成高崎曆為了包庇妻子，而捏造不在場證明，使得和音變成嫌疑最大的人。

「你為什麼會突然發現？」

我沒有告訴任何人發現真相的契機。

但是，我認為應該要誠實告訴和音。

「我發現真相的那天晚上，妳對我說，或許0世界的和音也有動機……我當下非常恨妳。」

沒錯。我當時恨了和音。恨了骰子上的六點。

「當時，我滿腦子都在想0世界的和音，完全忘了連所有可能性都要愛的誓言。」

和音只是默默地聽我說話。

「如果我這麼想，那麼第13號世界的我，可能也會有這種想法。我認為第13號世界的我，行動時只會為第13號世界的和音著想。尤其是那個世界的我，面臨涼被殺害的事實，應該無法冷靜下來才對。」

我曾經認為人不可能突然轉變。

然而，我自己卻證明事情並非如此。

所以，我發現了。第13號世界的我，一定已經變了一個人。

「第13號世界的我，能為第13號世界的和音做什麼？從這個角度想，就能找到答案了。就算犧牲0世界的和音或者無辜的人，也要讓第13號世界的和音幸福。」

這的確是我的風格。的確是我的風格沒錯。

我只專注於骰子上的一點，只愛著自己世界的和音。

「……太自私了。回去之後，乾脆離婚好了。」

「……雖然不可原諒，但如果可以的話，能不能等等他？」

「那你再發誓一次吧！」

「我發誓。我會愛著整個和音，連所有可能性都愛。」

「……嗯，那我考慮原諒他。」

「要讓第13號世界的我，也好好發誓才行。」

「沒問題的。你們兩個都是同一顆骰子不是嗎？」

和音說完這句話，稍微笑了笑。

她喃喃自語般地低聲說：我要回去了。

＊

蓋上膠囊的蓋子，將機器調整至ＩＰ13用的電磁波。

現在，鄰近的平行世界一定也正在發生相同的事。

選擇跳躍感覺上就像眼睛閉上數秒而已。其實張開眼睛也沒關係，不過為了減少視覺資訊的混亂，最好還是閉上眼睛。

我不自覺地盯著膠囊中閉上眼睛的和音。

結果，我發現她的嘴角突然抽動了一下。

緊皺的眉頭微微震動。

和音閉著眼流下一行淚。

接著，我清楚聽到和音說：

「太奸詐了。」

「為什麼只有這裡……」

*

那天晚上。

我和回到這個世界的和音、涼三個人，久違地排成川字形睡在一起。

涼已經習慣自己一個人睡，雖然嘴上抱怨說：我可以自己睡！但看起來好像還是有點開心。這難道是為人父母的心裡的願望嗎？

為了不吵醒已經入睡的涼，我與和音低聲交談。

「百分之九十九的幸福，如果是建立在百分之一的不幸之上……我們該如何是好？我們可以這樣幸福下去嗎？」

「……我也不知道，但是既然我們已經幸福了，就應該繼續幸福下去。如果不這樣做的話，就無法回報那百分之一的不幸……不過這也是因為我們很幸福，所以才能說出這種話吧。」

「可能，是這樣吧……」

百分之一的不幸，會怎麼想百分之九十九的幸福呢？離別時那個世界的和音說的話，就是答案。

「不過，我認為就算是將錯就錯，我們也應該要幸福下去，而且還要連結到以後的幸福。這樣百分之一的不幸才不算糟蹋，而是成為我們的墊腳石。」

「把這些不幸當成墊腳石，真的好嗎？」

「這不是好壞的問題。我們已經站在幸福的一方。既然站在各種可能性之上，就只能按照自己所處的位置生活。」

「嗯……也是。」

睡在我與和音之間的涼，發出均勻的呼吸聲。和音憐愛地撫摸涼的臉頰，我也將自己的手搭在和音的手上。

在睡著之前，我再度向和音發誓。

「我會連妳所有的可能性都愛。這次也包含百分之一的不幸。」

和音回答我說：

「我已經充分了解自己有多麼幸福了。」

我告訴她：我也是。

中場休息

時光平穩地流逝，我與和音即將迎接花甲之年。

「爸、媽……其實我有想結婚的對象了。」

涼這麼說。他帶了一位名叫繪理的女孩回家，她看起來既柔弱又十分可愛。

我們沒有任何反對的理由。而且這件事一點也不突然，自從涼和繪理開始交往後，就經常來家裡玩，以我們的角度看來反倒覺得這天終於來了。由於之前就已經預料他們不久後要步入婚姻，所以家人之間也開始較常往來。

涼在兩年後的春天，終於說出要結婚這件事。因為比預料的時間還長，所以我偷偷存下的結婚資金還不少。當我說婚禮想辦得多盛大都可以時，涼卻說辦簡單的儀式就好。我當時還覺得真沒意思。

問題發生在那天晚上。

「爸、媽，方便聊一下嗎？」

涼和在我們家過夜的繪理一起來到我們夫婦的房間，說有事情要商量。我與和音不知不覺挺起腰桿正襟危坐。

然而，涼和繪理遲遲不肯開口。我擔心他們該不會是得了什麼重病，開始覺得不安。

「所以，你想商量什麼事？」

我下定決心開口問。和音也以認真的表情傾聽。

看他一臉苦惱的表情，讓我心想他到底在煩惱什麼，不料……

「其實，我想在結婚的時候鎖定ＩＰ。」

我們鬆了一口氣。

「那個……我一想到如果婚禮當天出現移動現象，就覺得很不安……不過，如果鎖定ＩＰ就可以安心了吧！」

原因不用問我們也能懂。涼和繪理就像我們結婚時一樣，都懷抱著相同的不安。

「爸爸那裡也有在執行ＩＰ鎖定對吧！所以，可以的話我想拜託爸爸……不行嗎？」

這時候ＩＰ固定的技術已經十分普及，只要本人有意願，法律上允許在婚禮等特殊狀況鎖定ＩＰ。當然，必須提出申請並通過嚴格的審查，而這時候的我們雖然不是刻意經營但在研究所已經有一定的地位，以現在的身分確實可以幫得上忙。因此，涼和繪理來拜託我們也可以說是理所當然的事。

然而，他會如此煩惱該如何商量這件事，就表示已經想到後果了吧。畢竟鎖定ＩＰ就等於扼殺了其他可能性。

儘管如此，他還是想和所愛的那個人結婚，所以才會來和我們商量。

針對他們的請託，我與和音沒有馬上答應，也沒有立刻拒絕。

「我們來講一下過去的回憶吧！」

「說得也是，這樣比較好。」

我們選擇告訴他們往事。

從兩個人驚心動魄的相遇、我不斷被拒絕、和音非常隨便的告白，一直聊到求婚這段心路歷程。還有，我們也曾經歷相同的煩惱。不過，初體驗失敗的事情我就略過不提了。

婚禮當天我與和音拿下ＩＰ裝置，決定和對方的一切結婚。

生下我們最愛的兒子。

曾經捲入重大案件，我背叛了當初的誓言。

現在，我們過得很幸福。

把這一切都告訴我們深愛的孩子。

真的只是說說往事而已。至於聽完之後有什麼感想、要怎麼做，都交給涼和繪理去決定。

婚禮當天，兩人的手腕上究竟有沒有ＩＰ裝置呢？

後來怎麼樣了呢？我最近很健忘，已經想不起來了……就當作是我忘了吧！

＊

翌年，涼和繪理的孩子出生了。是個很可愛的女孩。

兩人幫孩子取名為「愛」。

我的父母在還沒親手抱到小愛之前，就很遺憾地去世了。但是，我與和音、涼、繪理、小愛一家人過得非常幸福，我與和音也在幸福之中漸漸老去。

小愛日漸成長，她上小學時，我確診罹患胃癌。幸好是早期發現，所以能在身體無負擔的狀態下接受治療，但是在最後的最後，好運離我而去，七十三歲那年醫師宣告我來日無多。

我本來想就這樣死在醫院，但是家人猛烈反對。我一直到最近才聽說「在宅善終」這個名詞。

生命所剩無幾的罹癌患者，拒絕在醫院接受治療或者在安寧病房進行臨終醫療，選擇在自己已經住習慣的家中和家人一起度過人生最後的時光。聽到涼和繪理說出這個選項，讓我覺得好幸福。

雖然對涼和繪理、小愛造成困擾也令人於心不忍，但我很開心而且也馬上就相信大家想陪我一起走完人生的最後一段路。

我以不使用抗癌藥物、不接受維生醫療這兩件事為條件，選擇了在宅善終。

我今年七十三歲。死亡可能來得有點早，但是不可思議的是我沒有絲毫恐懼或不滿。晚年在偌大的家裡，有愛妻、可靠的兒子、溫柔的媳婦、可愛的孫女作伴。即使明天就要在痛苦中停止心跳，只要身邊有家人，就可以笑著離開了。我這一生過得很幸福。

就這樣我離開醫院回到家裡，與和音安穩度過餘生，孰料某天……

我的ＩＰ裝置開始出現語音提醒下個月的預定行程。

我使用的裝置，每到月底就會自動以語音提醒下個月的行程。話雖如此，我這把年紀也不可能會有什麼玩樂的行程。這到底是什麼約定呢？我歪著頭聆聽這個行程。

接著，我聽到一個完全沒有印象的約定。

「八月十七日早上十點，昭和路十字路口，穿緊身衣的女人。」

終章，或者是序章

——我突然回過神來。

眼前是大十字路口的斑馬線。現在的號誌為紅燈，所以斑馬線上有很多汽車來往。

我愣了一陣子，才想起來自己剛才在做什麼。

……對了。斑馬線上有個女孩子，我向她搭話之後她就消失了。本來想說是不是平行跳躍，所以確認了IP……但是IP無法顯示，我才在想到底怎麼了。

我看了看左手腕上的IP裝置，顯示為「ERROR」。裝置果然壞了。

剛才還因為不知道IP而稍感不安，但現在很不可思議地覺得一點也不害怕了。不，仔細想想這也不是什麼不可思議的事情。

我還小的時候，這個世界上根本沒有所謂的IP。我們認為平行世界只是虛構的概念，經常不知不覺在日常生活中往返於平行世界。

我現在只是回到那個時候而已，不是嗎？

這個世界也是一顆骰子。不知道擲出幾點的骰子。

雖然我這個老人來日無多，但也應該愛著所有可能性活下去。我自然而然地這麼想。雖然很在意那名消失的少女，但我也無能為力。就當作是看見幽靈吧！

不過，還真是傷腦筋啊！我本來是在這裡等人的。

ＩＰ顯示功能雖然壞了，但其他功能還可以用。手錶顯示現在是十點零五分。已經超過約定的時間，但還是沒有發現任何我認識的人。「早上十點，昭和路十字路口，穿緊身衣的女人。」時間地點都沒錯，日期也是對的。

這是怎麼回事呢？我沒有其他行程，可以繼續在這裡傻等，不過地點是在十字路口，如果約在公園還沒什麼關係，坐輪椅的老人一直在十字路口發呆的話，搞不好會引來警察關切。

話雖如此，既然都來了，就等個三十分鐘吧！

決定之後，為了不擋到路，我操控輪椅前往有緊身衣女人銅像的綠色草皮。

接著，當我打算轉到可以看見十字路口的方向時——

「嗚……」

胸口附近傳來熟悉的劇痛。

就像有人用研磨棒狠狠鑽進胸口、搗爛整個身體一樣，斷斷續續出現不舒服的劇痛。我在劇烈喘息、全身爆汗的情況下，急忙從口袋中取出藥盒。

「啊……」

糟了。因為手抖，藥盒掉了。我彎下腰伸出手也撿不到藥盒。話雖如此，如果離開輪椅，我就無法自己坐回去了。就在我猶豫不決的時候，痛楚越來越劇烈，視線變得模糊不清。

雖然這可能是個奢求……

但如果可以的話，我不想在這種情況下死去。

我想在小愛、繪理、涼還有和音的陪伴下，死在榻榻米上。

「……先、先生，你還好嗎？」

不知名的婦人的聲音朝我靠近。按照她說話的感覺，應該是和我同年齡的人。應該是發現我有困難，所以過來幫助我。

「我馬上叫救護車……」

「藥、藥盒……」

「咦？」

「請……幫我拿……藥……」

我拚命指著掉在腳邊的藥盒。發現藥盒的婦人，豪不在意優雅的服飾被弄髒，坐在地上幫我撿起藥盒。真是個好人。

「藥……是哪一顆？有很多種！」

「全部……每種各一顆。」

「每種各一顆……這個和這個……來，給你。吞得下去嗎？」

我伸出手，但這位婦人沒有理會，直接用自己的手把藥送到我嘴邊，還餵我喝寶特瓶裡的水，讓我沒有嘗到苦味就把藥吞下去了。

「要叫救護車嗎？」

「沒關係……沒關係。謝謝妳……」

我花了幾分鐘，調整呼吸。照理說藥不可能這麼快出現療效，不過這種事情就要看人怎麼想了。

又過了幾分鐘，身體狀況終於變得比較舒坦，我才緩緩睜開眼睛……

我嚇了一跳，剛才那位婦人仍然一臉擔心地看著我。

「哎呀……這次真是承蒙您照顧了。」

「不會。真的沒事了嗎？」

「托您的福。」

「這樣啊，真是太好了。」

她輕輕一笑的表情，非常溫柔。

「您真的幫了我大忙。我想好好答謝您，方便的話能不能告訴我您的大名？」

「哪裡，有困難本來就要互相幫助。區區小事，不足掛齒。」

「不，可是……」

我打算繼續追問，這位婦人卻呵呵笑出聲。

「怎麼了嗎？」

「沒事，那個，呵呵呵。我一直想在死前說一次這句話。區區小事，不足掛齒。剛好趕上了呢。」

「哈哈哈，真是剛好啊。那我剛才的痛苦就有價值了。」

「是啊。」

明明是初次見面，但我和這位婦人就像許久未見的老友一樣，自然地相視而笑。腦海裡稍微浮現和音的臉時，我還告訴自己：不對，這種程度的話不算外遇。

然而，即便如此——

「那個……請問，我們該不會在哪裡見過面吧？」

「咦？」

嗯？我為什麼會突然說出這種話呢？

婦人一直盯著我的臉看。

「抱歉，您的大名是？」

「我是高崎曆。」

「……對不起，我沒有聽過呢。」

在那之後，為了慎重起見我也問了她的名字，但是我也對這個名字沒有印象。如此看來，可能是單純的錯覺吧。抑或是……

「說不定……我們在平行世界見過面呢！」

「啊，的確有這個可能喔。」

「或者是我們都這把年紀，老糊塗了吧。」

「哎呀，真是的。呵呵呵。」

我們再度相視而笑。為什麼呢？我覺得這段時光好幸福。

我突然很想知道，對方是不是也這麼想。

這位優雅的婦人，現在幸福嗎？

「您現在……幸福嗎？」
我突然這麼問，但婦人並沒有露出厭煩的表情。
「嗯，很幸福喔。」
她笑容滿面地回答我。
「真是太好了。」
真是太好了，真的。
我打從心底這麼想。
「……那個，您不趕時間嗎？」
「咦？」
「您剛才應該是正要去什麼地方對吧？」
「啊……不是的，呵呵呵。也沒有要去哪裡。今天不知道為什麼想來這附近走一走。」
「哎呀，原來是這樣啊。」
「嗯……不過話說回來，碰巧在這裡遇見您，又聊了幾句，我覺得很滿足了。該回家了呢。」

「啊，真是抱歉，耽誤了您的時間。」
「哪裡，我很開心啊。那您要去哪裡呢？」
「我啊……嗯，我在等人。」
「這樣啊，那我先走了。」
「真的很謝謝您。」
那位帶給我幸福感、看起來也很幸福的婦人，就這樣過了十字路口。
我望向時鐘。
十一點。
不知道為什麼，我心裡浮現這個念頭。
我等的人，不會來了，不對，應該是說我等的人不在這裡。
我等的人、我想見的人不在這個十字路口。
「……回去吧。」
回去吧，回我的家。
有小愛、繪理、涼還有和音的家。
從空無一人的十字路口，回到有所愛之人的世界。

＊

「我回來了。」

「哎呀，你回來啦。」

在庭院為花圃澆水的和音，以溫柔的笑容迎接我。

「身體怎麼樣？」

「嗯，沒什麼問題。」

雖然剛才很危險，不過我決定不提那件事。

「所以，謎題解開了嗎？」

「啊……沒有，都沒有人來。那到底是什麼行程呢？」

結果，我還是不知道那個約定到底是什麼。但是，現在很不可思議地已經不在意了。

「曆，剛才發生什麼好事嗎？」

真是嚇我一跳。我什麼都沒說，也自認像平常一樣，但和音好像已經看透我了。

「雖然我等的人沒有出現，但還是有很美好的邂逅呢。」

「喔？什麼樣的邂逅？」

一開口說出剛才的事情，自然而然地就嘴角上揚。

「我在十字路口遇到一位非常幸福的婦人喔。」

「婦人？」

和音的表情變得有點恐怖。

「喂喂，都這把年紀了，怎麼會外遇。不是這樣的啦。」

「我開玩笑的。是以前的朋友嗎？」

「不是，是完全不認識的人。」

「嗯？所以，哪裡美好？」

「嗯。我一定要告訴妳，今天這場邂逅哪裡美好。」

「我在聽啊，請說。」

和音的視線從我臉上移開，繼續為花圃澆水。我在她背後繼續說。

「那位婦人說她現在很幸福。我覺得很替她開心。」

「可是，她不是陌生人嗎？」

「所以啊，和音。」

「嗯？」

和音停下手上的工作，回頭看著我。

即便現在已經滿臉皺紋，她一臉摸不著頭緒的表情，仍然讓我心生愛憐。

「完全不認識的陌生人很幸福，可以讓我這麼開心。」

我打從心底這麼想。

「如何，沒有比這個更美好的事情了吧！我是一個可以為陌生人的幸福而感到開心的人，這一點也讓我覺得自己很幸福啊！」

和音不知道什麼時候放下澆水用的花灑，站在我身邊。她宛如枯木般的手搭在我的手上，用溫柔的表情聽我說話。

「我之所以能夠成為這樣的人，是因為我周圍有你們。爸爸、媽媽、爺爺、奶奶、涼、繪理、小愛……還有……」

我回握和音的手，凝望她的眼睛。

「還有妳啊，和音。我想把這份喜悅，分享給我深愛的每個妳。因為有妳，我現在才會這麼幸福。」

「……嗯……」

當時和音的微笑，是我見過最溫柔的表情。

「啊……爺爺！你回來了！」

家裡傳出小愛活力充沛的聲音。真是的，這個孩子說話真大聲。

「呵呵……我們進去吧！」

「嗯，好啊。」

和音推著我，回到我深愛的家。

回到那個象徵幸福的世界。

＊

我想把這份喜悅分享給另一個人。

當我是骰子上的一點時，可能不只是六點，或許是十點、百點、千點、萬點吧！

在某個遙遠平行世界的每個我。

深愛著和音以外的某個人的每個我。

因為你，深愛著和音以外的某個人，所以我才能與和音相愛。
謝謝你。真的由衷感謝你。我現在非常幸福。
除此之外，我還想告訴愛著另一個我的某個人。
我想致上與感謝相同分量的祝福。

願你和你愛的人，在某個世界過得幸福快樂。

國家圖書館出版品預行編目資料

致我深愛的每個妳 / 乙野四方字 著；涂紋凰
譯.-- 初版.-- 臺北市：平裝本．2018.07
面；公分.--（平裝本叢書；第 486 種）
（@小說；57）
譯自：僕が愛したすべての君へ
ISBN 978-986-97906-1-1(平裝)

861.57　　　　108009087

平裝本叢書第 486 種
@小說 057

致我深愛的每個妳

僕が愛したすべての君へ

作　　者—乙野四方字
譯　　者—涂紋凰
發 行 人—平　雲
出版發行—平裝本出版有限公司
台北市敦化北路 120 巷 50 號
電話◎ 02-27168888
郵撥帳號◎ 18999606 號
皇冠出版社（香港）有限公司
香港銅鑼灣道 180 號百樂商業中心
19 字樓 1903 室
電話◎ 2529-1778　傳真◎ 2527-0904
總 編 輯—許婷婷
美術設計—王瓊瑤
著作完成日期— 2016 年
初版一刷日期— 2019 年 07 月
初版六刷日期— 2024 年 03 月
法律顧問—王惠光律師

如有破損或裝訂錯誤，請寄回本社更換
讀者服務傳真專線◎ 02-27150507
電腦編號◎ 435057
ISBN ◎ 978-986-97906-1-1
Printed in Taiwan
本書定價◎新台幣 280 元 / 港幣 93 元